クロノス

Yutaka Narui
成井豊

論創社

クロノス

写真撮影
山脇孝志（カバー）
伊東和則（本文）
ブックデザイン
ヒネのデザイン事務所＋森成燕三

目次

クロノス

CHRONOS

登場人物

吹原和彦（Ｐ・フレック研究員）
蕗来美子（シック・ブーケ店員）
頼人（来美子の弟・プロボクサー）
さちえ（吹原の妹・吹原酒造社員）
海老名（科幻博物館館長）
中林（科幻博物館学芸員）
野方（Ｐ・フレック開発三課課長）
藤川（Ｐ・フレック研究員）
津久井（Ｐ・フレック研究員）
圭（シック・ブーケ店員）
辻堂（シック・ブーケ店長）
鈴谷（横浜大学付属病院医師）
久里浜（横浜大学付属病院看護師）
足柄（住島倉庫守衛）

原作　梶尾真治『クロノス・ジョウンターの伝説』（朝日ソノラマ）

1

吹原が地面に倒れている。目を開けて、体を起こす。周囲を見回し、立ち上がる。そこへ、男がやってくる。吹原が逃げる。男が追う。吹原の行く手に、別の男が現れ、吹原を捕らえようとする。吹原は別の方向へ逃げる。いつしか、吹原はたくさんの人々に追われている。と、遠くに、来美子の姿が見える。吹原が来美子に向かって走る。が、またしても、別の男に行く手を阻まれる。吹原は別の方向へ逃げる。が、たくさんの人々に囲まれてしまう。吹原が人々の間をすり抜け、来美子がいた場所へ走る。が、来美子の姿はない。男が吹原の腕をつかむ。吹原が振り払い、逃げる。他の人々が後を追う。

科幻博物館の館長室。中央に机と応接セット。奥に格子の壁。壁の向こうに、巨大な機械。右手の出入口から、海老名が入ってくる。机の横から鞄を取り上げる。机の上の書類を鞄に詰める。雷が鳴る。と、出入口から、中林が吹原を背負って、入ってくる。

中林　館長、大変ですばい！

海老名　どうしたの、中林君？　その人は誰？（と中林に駆け寄る）

中林　泥棒です。

海老名　泥棒が、どうして君の背中でスヤスヤ眠ってるのよ。
中林　僕が顎ば殴ったけんです。仕方なかったとですよ。こいつが逃げようとすっけん。
海老名　だからって、気絶するほど強く殴ることはないでしょう?
中林　慌てとったけん、力の加減ができんかったとです。
海老名　骨折でもしてたら、どうするのよ。
中林　お説教は後でじっくり聞きますけん。とりあえず、下ろしてよかですか?
海老名　どうぞ。

中林が吹原をソファーに下ろす。

中林　あー、重かった。目ば覚ます前に、警察ば呼んだ方がよかじゃなかですか?
海老名　その前に、この人が誰か、知りたいんだけど。
中林　わかりました。(と吹原のポケットから財布を出して)あれ?
海老名　何?
中林　こいつ、IDカードば持っとらんです。
海老名　まさか。
中林　(財布を差し出して)ほら。
海老名　ポケットかどこかに入ってない?
中林　(ポケットを探って)どこにもなかです。

海老名　そんな。カードなしで、どうやって生活するのよ。
中林　そぎゃんこつ、僕に言われても。
海老名　この人、どこにいたの？
中林　こん部屋です。夢中で仕事ばしとったら、知らん間に十一時ば過ぎとって。熊本駅の終電は、十一時三十四分。急がんと、間に合わん。慌てて館長に挨拶しに来たら、館長の代わりに、こいつがおって。
海老名　私は二階の資料室に行ってたのよ。その間に忍び込んだのね？
中林　「ぬしゃ何者か！」って捕まえようってしよったら、外に飛び出して、トイレに駆け込んだっです。それもよりによって、女子トイレですばい。こいつはただん泥棒じゃなか。痴漢でもあっとです。こぎゃんなったら、もう容赦はいらん。渾身の右ストレートで、成敗してやりました。
海老名　さっきの話と違うわね。
中林　すみません。今ん話が事実です。でも、こいつは泥棒兼痴漢なんですけん。
海老名　それで、この人はここで何をしてたの？
中林　奥の機械ば触りよりました。
海老名　奥の機械って……。
中林　そぎゃんです。クロノス・ジョウンターです。
吹原　（呻く）
中林　（海老名に）目ば覚ましよります。もう一発殴りますけん。（と吹原に歩み寄る）

海老名　ちょっと待って。
中林　ばってん。
海老名　この人と話がしてみたいの。とにかく、私に任せて。

雷が鳴る。吹原が目を開けて、体を起こす。掌から、カエルのブローチが落ちる。海老名がそれを拾う。

吹原　今の光は？
海老名　雷です。十二月に雷なんて、珍しいですね。
吹原　……そうか。クロノスじゃなかったのか。

海老名が机の抽斗から焼酎の瓶とグラスを取り出す。

海老名　焼酎はいかがですか？　熊本は焼酎を作る会社がいっぱいありましてね。その中でも特においしいのが、この会社。体が温まりますよ。
中林　それ、さちえの二十年ものじゃなかですか。そぎゃん高か酒、泥棒に飲ますっことなかですよ。
海老名　君にもご馳走しようと思ったのに。
中林　謹んでご相伴させていただきます。（吹原に）ほんなごて高かかっぞ。感謝しろよ。

海老名がグラスに焼酎を注ぎ、吹原に差し出す。吹原が受け取る。

海老名 ここがどういう場所か、わかっていますか？

吹原 ……科幻博物館ですよね？

海老名 そうです。科学の科、幻想の幻で、科幻。近代科学の歴史に埋もれた、名もない機械を集めた場所。初代館長の機敷埜風天は、そんな機械が大好きでしてね。私財を投じて、この博物館を建てたというわけです。まあ、機械と言っても、実際は動かなかったり、動きはしても何の役にも立たなかったり。科学者たちの妄想が生み出した、ガラクタですけど。

中林 異議あり。ガラクタっつうとは、ちょ言い過ぎです。第一展示室の重力除去装置なんか、実用寸前まで行ったっですし。

海老名 あなたは飲みたくないのね。（とグラスを持ち上げる）

中林 すみません。前言ば撤回します（とグラスを取る）

海老名 （吹原に）とにかく、ここに展示してある機械には、金銭的な価値は全くない。それなのに、なぜ忍び込んだんですか？

吹原 あの、あなたは？

海老名 申し遅れました。当博物館の館長、海老名です。こちらは学芸員の中林君。

中林 （吹原に）で、あんたん名前は。

吹原 言えません。

中林　人に名前ば聞いとって、自分は名乗らんつうとか？　泥棒兼痴漢のくせししてから、なむんなよ。

海老名　中林君。この人は泥棒でも痴漢でもありません。（吹原に）いきなり暴力を振るわれて、ビックリしたでしょう。中林君のしたことは、明らかに過剰防衛です。中林君に代わって、お詫びします。

中林　館長。

海老名　（吹原に）でも、あなたが閉館時間を過ぎても館内に残っていたのは、紛れもない事実。そのことだけで、警察に通報することもできます。

吹原　やめてください。警察だけは。

海老名　だったら、教えてください。あなたの目的は何です。

吹原　（俯く）

海老名　クロノス・ジョウンターですか？

吹原　（海老名の顔を見る。が、すぐに顔を背ける）

海老名　あなたは、あの機械とどういう関わりがあるんですか？　話してくれませんか。

吹原　話したら、協力してくれますか？　いや、協力してくれなくてもいい。見逃してもらえますか？

海老名　それは、話を聞いてみないとわかりません。今の私には、判断する材料が何もないんですから。

吹原　話しても、信じてもらえるかどうか……。

海老名　（カエルのブローチを見て）これ、半分、溶けてますね。
吹原　え？
海老名　カエルのブローチ。さっき、あなたの手から落ちたんです。
吹原　返してください。
海老名　どうぞ。（と差し出す）
吹原　（受け取る）
海老名　とても大切なもののようですね。もしかして、クロノス・ジョウンターと関係があるんですか？

雷が鳴る。

吹原　わかりました。お話しします。僕は半年前から、クロノスを探してきた。日本中を探し回って、それでも見つからなくて。科幻博物館にあるとわかったのは、ほんの三日前です。なぜクロノスを探していたのか。それは、このブローチを元に戻すためなんです。

吹原が焼酎を飲む。そして、立ち上がる。

2

吹原　僕の名前は吹原和彦。横浜にある、Ｐ・フレックという会社に勤めています。
海老名　Ｐ・フレック？
吹原　住島重工の下請けで、主な仕事は新製品の研究開発。僕の所属は開発二課で、産業ロボットを作っていました。ところがある日、課長に呼ばれて、三課に異動するように言われたんです。人手が足りないらしいから、手伝いに行けって。それは二〇〇五年の十一月のことでした。
中林　今、何ちか言うた？　二〇〇五年？
吹原　ええ。
中林　また痛い目に遭いたかとか？
海老名　中林君、怒らないで。
中林　こっが怒らずにいらるっですか。（吹原に）せっかく話ば聞いてやろうってしようっとに、口からでまかせば言いよって。館長は許してん、俺は許さんけんね。
吹原　でまかせなんか言ってません。信じる信じないは、あなたの勝手です。
海老名　それは、全部聞き終わってから決めます。続けてください。

吹原　次の日、僕は三課へ行きました。課長の野方さんに、挨拶するために。

藤川がやってくる。

藤川　吹原、おまえ、来月からうちの課に来るんだって？
吹原　ああ。足手まといにならないように、頑張るよ。
藤川　（奥に向かって）野方さん！　野方さん！

野方がやってくる。

野方　何だ。（と言いながら、机の上の書類を読む）
藤川　二課の吹原です。こいつとは大学一年からの付き合いでしてね。地味で内気で優柔不断で、見かけに寄らず大酒飲みで、でも、根はいいやつです。聞いてますか？
野方　聞いてない。俺は今、忙しいんだ。
藤川　（吹原に）課長の野方さんだ。機嫌がいい時と悪い時で、全く別の人格になるから、気をつけろよ。
野方　人を、ジキルとハイドみたいに言うな。
藤川　今度は聞いてたんですか。
野方　（書類を藤川に押しつけて）これをチェックしろ。全項目を二回ずつだ。

藤川　はい。（吹原に）頑張れよ。

藤川が奥へ去る。野方が机の上のパソコンに向かう。

吹原　（野方に）よろしくお願いします。
野方　（キーを叩きながら）クロノスのことは、藤川から聞いてるか。
吹原　クロノス？
野方　うちの課が開発している機械の名前だ。聞いてないのか。
吹原　あいつとはしょっちゅう飲みに行くんですけど、そのことについては何も。噂では、ロケット関連の機械だとか。
野方　その噂は、俺が流したんだ。クロノスの正体がバレないようにな。しかし、君も来月からはうちの課の人間だ。何もかも教えてやろうじゃないか。見ろ。これがクロノスだ。

野方がキーを叩く。格子が開いて、奥の機械が姿を現す。藤川と津久井が計器のチェックしている。

野方　正式名称は、クロノス・ジョウンター。物質を過去に飛ばす機械だ。
吹原　過去に？
野方　できるわけないと思っただろう？　俺も最初はそう思った。今でもちょっぴり疑っている。
吹原　でも、これを作ったのは、野方さんなんでしょう？

野方　ああ。しかし、設計図を書いたのはアメリカのエンジニアだし、元になった理論を考えたのもアメリカの学者だ。
吹原　理論ていうのは？
野方　時間軸圧縮理論。時間軸を圧縮して、過去の一地点をあの機械まで手繰り寄せる。そして、そこに、物質を放り込む。問題は、時間軸を圧縮するためのエネルギーだが、こっちは別の理論を応用すれば——

津久井が奥からやってくる。

津久井　野方さん、チェック完了しました。
野方　オーケイ。（吹原に）まあ、詳しい話はおいおい聞かせてやる。今日は記念すべき、第一次テストだ。君にも、見学を許可しよう。
吹原　ありがとうございます。
津久井　藤川さん、まだですか？

藤川が奥からやってくる。

藤川　お待たせしました。
津久井　余計なおしゃべりをしてるからですよ。

藤川　早けりゃいいってもんじゃない。最終チェックは念入りにやらないと。
津久井　言い訳してないで、さっさと端末に向かってください。
藤川　先輩に向かって、いちいち命令するな。
野方　うるさい！　いよいよこれからって時に、喧嘩なんかするな。藤川、社長室に電話しろ。津久井はこれをセルに入れてこい。

野方が津久井にシャープペンを渡す。津久井がクロノス・ジョウンターに行き、セルにシャープペンを入れ、戻ってくる。藤川は電話をかける。

吹原　(野方に)シャープペンを飛ばすんですか？
野方　あれはただのシャープペンじゃない。俺が高校時代に片思いしていた女の子に借りたまま、いまだに返してないシャープペンだ。俺にとっては、命の次に大切な、青春の思い出なんだ。俺のクロノスが最初に飛ばす物質は、これ以外にない。
吹原　昔、返せなかったシャープペンを、今、返そうっていうんですね？
野方　バカ。あのシャープペンは死ぬまで返さない。俺が死んだら、棺桶に入れてもらう。
吹原　じゃ、いつの時代へ飛ばすんです。
野方　今から一時間前。場所は社長室。
藤川　(受話器を置いて)社長室に確認しました。今のところ、シャープペンは姿を現してないそうです。

吹原　（野方に）ということは、このテストは失敗するってことですか？
野方　それはまだわからない。藤川、データを読み上げろ。
藤川　目標時刻は二〇〇五年十一月二十七日午前九時十五分。目標地点は社長室。
野方　よし、カウントダウンだ。
藤川　五、四、三、二、一。（とキーを叩く）
野方　……どうした？　なぜ動かない。

クロノス・ジョウンターから異常音が聞こえる。

藤川　この音は何だ？
野方　機械を止めろ。一からやり直しだ。
藤川　（キーを叩いて）駄目です。止まりません。
津久井　（野方に）本体で止めないと。
野方　わかってる！

野方と藤川がクロノス・ジョウンターに駆け寄る。藤川がセルに入ろうとする。と、中から煙がドッと吹き出す。藤川はそれでも中に入ろうとする。

吹原　藤川！

吹原が藤川に駆け寄り、引き戻す。と、クロノス・ジョウンターから煙がドッと吹き出す。吹原が吹き飛ばされて、床に倒れる。藤川が吹原に駆け寄る。

藤川　吹原！

野方　（津久井に）救急車だ。早くしろ！

津久井と野方が走り去る。藤川が吹原を起こす。

海老名　大丈夫ですか？

吹原　頭を打って、気を失っただけです。後から聞いた話によると、エネルギーの回路に欠陥があったそうです。一歩間違えたら、大爆発だったって。

中林　良かったやなかか。おまえが気絶しただけで済んで。

海老名　中林君、その言い方はないでしょう？

吹原　目が覚めると、そこは横浜大学の付属病院でした。

格子が閉じる。藤川が吹原をソファーに座らせる。鈴谷と久里浜がやってくる。鈴谷はソファーに座る。久里浜は吹原の右手にギプスを着ける。

鈴谷　頭の方は何ともないですね。単なる脳震盪でしょう。でも、右手の尺骨は完全に折れてます。全治一カ月の重傷です。
藤川　(吹原に) 悪かったな、俺のせいで。
鈴谷　(吹原に) あなた、お酒は好きですか?
藤川　大好きです。
鈴谷　(吹原に) 週に何日、飲みますか?
藤川　七日です。こいつ、会社の帰りに居酒屋に寄るのが日課になってましてね。僕もよく付き合わされるんです。それも、大抵、朝まで。
鈴谷　(吹原に) かわいそうだけど、当分、控えてください。
藤川　わかりました。僕が厳しく監視しますから、ご安心を。
鈴谷　(吹原に) どうしてあなたが答えないんですか?
藤川　すみません。こいつ、昔から人見知りが激しくて。怖そうな人の前に出ると、口がきけなくなるんです。
鈴谷　(吹原に) 私が怖いですか?
吹原　その聞き方が既に。

頼人がやってくる。

頼人　こんちわー。

久里浜　藺さん、勝手に入ってこないでください。診察中ですよ。
頼人　わかってる、わかってる。（と鈴谷を見て）あれ、いつもの先生は？
鈴谷　学会で大阪へ。私は研修医の鈴谷です。
頼人　あ、そう。じゃ、あんたでいいや。（と右手を差し出して）昨夜から、中指の付け根がズキズキするんだ。ヒビでも入ったのかな？
久里浜　また負けたんですか？
頼人　バカ、試合はこれからだ。来月の二十七日、後楽園ホール。絶対勝つから、見に来いよ。（とシャドーボクシングをする）
久里浜　招待券をくれるなら。
鈴谷　久里浜さん、仕事中にイチャイチャしないで。
久里浜　イチャイチャなんてしてません。
藤川　（頼人に）悪いけど、診察中なんだ。外に出てくれないか？
頼人　そっちこそ、出ろよ。俺は急いでるんだ。さあ、鈴谷先生、今度は俺の番だ。（と右手を差し出す）
鈴谷　（頼人の右手を叩こうとする）
頼人　（避けて）何すんだよ、先生！
鈴谷　私は、ルールを守らない人は嫌いです。
頼人　俺がいつルールを破った。
鈴谷　医師には患者のプライバシーを保護する義務があります。それは、患者同士でも同じこと。

頼人　あなたはこの方のプライバシーを踏みにじったんです。
藤川　わかったよ。謝ればいいんだろ、謝れば。（吹原に）勝手に入ってきて、悪かったな。許してくれ。
吹原　いやだ。
頼人　バカ。相手はボクサーなんだぞ。下手に逆らうな。
藤川　もう遅い。人が頭を下げて頼んでるのに、いやだとは何だ。おい、こっちを向け！（と吹原の胸ぐらを摑んで）あれ？
吹原　久しぶりだな、頼人。
頼人　え？　嘘。吹原さん？
藤川　え？　嘘。知り合い？
頼人　わー、ホントに吹原さんだ。こんな所で何してるんですか。

頼人が吹原の手をつかむ。二人が叫び声を上げて、手を放す。

鈴谷　久里浜さん、次の人を呼んで。
久里浜　え？　こちらの二人は？
鈴谷　バカは死ななきゃ治らない。私の手には負えません。

鈴谷と久里浜が去る。

吹原　何年ぶりかな。
頼人　俺が札幌に転校したのが、高一で。
吹原　俺が高三だから、ちょうど十年ぶりだ。
藤川　へえ、おまえら、高校の先輩後輩か。
吹原　ああ、熊本県立水前寺高校。
頼人　吹原さん、なんで横浜に？
吹原　大学で東京に出て、横浜の会社に就職したんだよ。おまえは？
頼人　俺も高校を卒業してすぐに、横浜のジムに。
吹原　ボクサーか。おまえならなれると思ってたよ。
頼人　吹原さん、ボクシングは？
藤川　（吹原に）何だよ。おまえ、ボクシング部だったのか？　どうして今まで隠してたんだ。
吹原　だって、あんまり強くなかったから。
頼人　いやいや、驚異的な弱さでしたよ。三年のくせに、一年全員に負けたじゃないですか。
藤川　（笑う）
吹原　藤川、おまえは先に帰ってくれ。（と藤川の背中を押す）
藤川　はいはい、わかりましたよ。

藤川が去る。

吹原　おまえ、今、横浜に住んでるのか？
頼人　ええ。俺は元々、横浜の生まれですからね。じいちゃんの家に厄介になってます。
吹原　それで、あの……。
頼人　姉貴ですか？
吹原　……ああ。
頼人　姉貴も一緒ですよ。東京の大学に入って、出版社に就職して。でも、仕事が忙しすぎたんだろうな。去年、体を壊しましてね。今は、花屋でバイトしてます。
吹原　そうか。来美子さんは横浜にいるのか。
頼人　ええ。駅前のシック・ブーケって店です。

頼人が去る。

3

吹原　病院を出ると、僕はその足でシック・ブーケに向かいました。

海老名　来美子って人に会いに行ったんですか？

吹原　ええ。

海老名　もしかして、初恋の人？

吹原　……わかりますか？

中林　バカ。誰がおまえの初恋物語ば聞きたかて言うた。館長は、クロノスの話ばしろっつったったい。そぎゃんですよね、館長？

海老名　私は聞きたいわ、来美子さんの話。

中林　好いとうとですか、こん手ん話？

海老名　私も一応、独身ですから。（吹原に）で、来美子さんとの出会いは？

吹原　中学二年の時です。僕は生まれも育ちも熊本市で、市内の水前寺中学に通ってました。彼女は二年の一学期に転校してきたんです。お父さんの仕事の関係で、神戸から。

海老名　それで、一目惚れ？

吹原　僕だけじゃなかったと思います。他のクラスの男子が次から次へと覗きに来たし。でも、

中林　それは当然なんです。彼女はとてもキレイで、性格も良くて。
吹原　それに引き換え、おまえは性格だっちゃ体格だっちゃ地味でから。
中林　その通りです。だから、遠くから見つめているしかなかった。彼女と同じ高校に行きたくて猛勉強して、何とか合格できたのに、やっぱり話しかけられない。
吹原　情けなか。
中林　こんな自分の性格がいやで、男らしくなりたいと思って、ボクシング部に入ったんですが、こっちはどんなに猛練習しても強くなれなくて。このまま卒業するしかないのかなって、諦めかけていた高三の春、ボクシング部に頼人が入ってきたんです。
海老名　なるほど。弟ば利用して、彼女に接近したわけたい。
吹原　失礼なこと、言うんじゃないの。（吹原に）で、彼女とは仲良くなれたんですか？
中林　ところが、仲良くなる前に、また転校しちゃって。
吹原　まさか、一度も口ばきかずに終わったつや？
中林　話はしました。二回だけですけど。でも、問題は、彼女がそのことを覚えているかどうかでした。こんにちは。

圭がやってくる。

圭　いらっしゃいませ。贈り物ですか？
吹原　え？　いや……。

圭　その様子だと、お花を買うのは初めてですね？　良かったら、私が適当に選びましょうか？

吹原　その、実は……。

圭　で、予算は？

吹原　千円、いや、五千円で。

圭　了解しました。

圭が去る。

中林　おまえ、彼女に会いに行ったつじゃなかとや！

吹原　言えなかったんですよ。いきなり来美子さんに会いに来たって言ったら、なんて思われるか。それに、彼女が僕を覚えてなかったら。

海老名　覚えてますよ。だって、中二から高三まで、五年も同じ学校に通ってたんでしょう？

吹原　でも、同じクラスになったのは中二の時だけだったし。

圭がやってくる。花束を吹原に差し出して、

圭　お待たせしました。これでいかがですか？

吹原　はあ……。

圭　お代は一万円になります。
吹原　え？
圭　噓噓。五千円です。でも、見た目は一万円に見えるでしょう？
吹原　ちょっと待ってください。今、出しますから。（とポケットから財布を取り出す）

来美子が箱を持ってやってくる。

来美子　圭ちゃん、私、店長と配達に行ってくるね。お留守番、お願い。
圭　わかりました。行ってらっしゃい。
吹原　（海老名に）彼女でした。札幌に転校してから十年。やっと会うことができました。（来美子に）あの。
来美子　え？
吹原　（紙を差し出して）これ、代金です。
圭　お客さん、それはこちらに。
吹原　（来美子に）これ。
来美子　（紙を受け取って）これ、居酒屋のレシートですけど。
吹原　え？　あっ！（と来美子の手から紙をひったくって）これは昨夜、会社の同僚と行った時に。うっ！（と財布を落とし、右手の手首を押さえる）
来美子　大丈夫ですか？（と財布を拾う）

吹原　あ、すみません。（と財布に手を伸ばす）
来美子　（吹原の手を避けて）吹原君でしょう？
吹原　え？
来美子　熊本県立水前寺高校三年三組、吹原和彦君でしょう？
吹原　……うん。
圭　（来美子に）え？　嘘。知り合い？
来美子　高校の時の同級生。（吹原に）十年ぶりよね。でも、全然変わってない。
吹原　蕗さんも。
来美子　でも、どうしてここに？
吹原　さっき、病院で頼人に会って。知らなかったよ。蕗さんが横浜にいたなんて。もしかしたら、何回も擦れ違ってたのかも。
来美子　吹原君も横浜に？
吹原　会社がすぐ近くなんだ。歩いて、十分もかからない。
来美子　信じられない。そんなに近くにいたなんて。

辻堂が箱を持ってやってくる。

辻堂　来美ちゃん、お待たせ。
来美子　はい。（吹原に）これから、配達なんだ。良かったら、また来て。

吹原　うん。

辻堂と来美子が去る。

圭　お客さん、お代は？
吹原　財布は今、蕗さんが。
圭　え？　来美子さん！

圭が走り去る。

中林　おまえもドジばってん、来美ちゃんはもっとやね。
吹原　来美ちゃんなんて呼ばないでください。会ったこともないくせに。
海老名　でも、私の言ってた通りでしたね。あなたのこと、ちゃん覚えてた。
吹原　次の日から、僕はシック・ブーケに通い始めました。さすがに毎日ってわけには行かなかったけど、週に一度。おかげで、花には随分詳しくなりました。

吹原がギプスを取る。圭がやってくる。

吹原　あの、蕗さんは？

圭　今、配達。そろそろ帰ってくると思うけど。
吹原　店長も一緒？
圭　何よ。吹原さん、焼き餅焼いてるの？
吹原　いや、僕は別に。
圭　隠しても無駄。毎週お花を買いに来るのは、来美子さんに会うためでしょう？　でも、気をつけた方がいいよ。吹原さんみたいな人は、他に三十人以上いるから。
吹原　蕗さんのファンですか？
圭　下は高校生から、上は八十過ぎのおじいちゃんまで。おかげで、うちの店は儲かってるんだけどね。

来美子と辻堂が箱を持ってやってくる。

辻堂　ただいま。
来美子　吹原君、今日は何にする？
辻堂　来美ちゃん、これ、片付けといて。（と箱を差し出して）こちらの相手は俺がするから。
来美子　はい。（と受け取って、吹原に）じゃあね。

来美子が去る。

辻堂　で、今日は何を。
吹原　いや、また今度来ます。
辻堂　そう言わずに、何か買ってってくださいよ。サービスしますから。
吹原　じゃ、その辺のを適当に。
辻堂　圭ちゃん、カサブランカ、十本。
吹原　十本？
辻堂　少ないですか？（圭に）じゃ、二十本。
圭　吹原さんに持ちきれるかしら。

圭と辻堂が去る。頼人がやってくる。

頼人　彼氏？　そんなのいるわけないですよ。
吹原　どうして断言できる。
頼人　だって、今、忙しいから。昼間は花屋で働いて、夜は英会話スクールに行って。
吹原　英会話スクール？
頼人　せっかく英文科を出たんだから、やっぱりそっちの方の仕事がやりたいんだそうです。で、今の夢は翻訳家。
吹原　来美子さんにぴったりだ。
頼人　家に帰ってきてからも、必死で勉強してます。彼氏とデートしてる暇なんか一秒もありません。

吹原　シック・ブーケの店長は？

頼人　辻堂さん？　あの人とはたまに食事したりしてるみたいだけど。

吹原　やっぱり。

頼人　でも、月に一度ぐらいだし。まだ付き合ってるわけじゃないんじゃないかな。吹原さん、今がチャンスですよ。

吹原　え？

頼人　もう一年も通ってるのに、ろくに話もしてないんでしょう？　そろそろ何とかしなくちゃ。

吹原　何とかって？

頼人　クリスマスイブの予約。あと一月しかないんですよ。

吹原　でも、いきなりそんなことしたら。

頼人　姉貴は洋食より和食が好きなんです。「寿司でも食べながら、高校時代の話をしませんか」って誘うんですよ。

吹原　寿司でも食べながら、高校時代の話をしませんか。

頼人が去る。辻堂がやってくる。

辻堂　いらっしゃい。

吹原　寿司でも食べながら——

辻堂　うちは寿司屋じゃない。花屋ですよ。
吹原　あの、蕗さんは？
辻堂　今、配達。しかも、出かけたばっかり。
吹原　せっかく練習してきたのに。
辻堂　吹原さん、カサブランカが好きでしたよね？　今日は、生きのいいのが五十本入ってますよ。
吹原　五十本？

来美子がやってくる。

来美子　店長、お電話です。
辻堂　誰から？
来美子　馬車道ホテルの愛甲さん。四時までに配達してくれるんじゃなかったのかって。
辻堂　いけね。

辻堂が走り去る。

来美子　ごめんんね、いつもバタバタしてて。
吹原　忙しいのはいいことだよ。でも、あんまり無理をすると、また。

来美子　あ、それはもう大丈夫。花屋って結構、肉体労働なのよ。おかげでかなり鍛えられたみたい。
吹原　（ポケットからハンカチを取り出し、汗を拭く）あれ？
来美子　どうしたの？
吹原　（ハンカチの中からカエルのブローチを出して）これ、昨日の景品だ。会社の創立記念パーティーがあって、ビンゴゲームをやって。
来美子　かわいい。
吹原　良かったら、どうぞ。（と差し出す）
来美子　え？　いいの？
吹原　僕には使い途がないし。
来美子　でも、それ、高そう。純銀製じゃない？
吹原　え？　銀なの？
来美子　そうだとわかったら、惜しくなった？
吹原　とんでもない。安物じゃないってわかったら、かえって堂々とプレゼントできる。どうぞ。（と差し出す）
来美子　（受け取って）ありがとう。大事にする。（と胸に当てて）似合う？
吹原　うん。とっても。
来美子　でも、私だけもらうなんて、気が咎める。何かお返ししないと。
吹原　いいよ、お返しなんて。

来美子　でも、誕生日でも何でもないのに。ねえ、何かほしい物はない？　そうだ。食事でもご馳走しようか。
吹原　食事？
来美子　うん。
吹原　す、す。
来美子　え？
吹原　寿司でも食べながら、高校時代の話をしませんか。クリスマスイブに。
来美子　わかった。クリスマスイブね。

来美子が去る。

4

中林　来た！　来た来た来た来たばい！
海老名　吹原さん、おめでとう。
吹原　ありがとうございます。
中林　ばってん、先に思いやらるるねえ。食事に誘うとに、一年もかかるなんて。
海老名　一年じゃないわ。この人が来美子さんを好きになったのは、中二でしょう？　ということは、十五年もかかったのよ。
中林　ばってん、十五年間ずっと好きだったってわけじゃなかでしょう。（吹原に）なあ？
吹原　それがその……。
中林　ちょ待てよ。おまえ、彼女に十年も会っとらんかったんやろ？　その間に、他ん女と付き合ったりとかせんかったんや？
吹原　そりゃ、大学の時だって、素敵だなって思う人はいました。でも、研究が忙しくて。
中林　そぎゃんと、言い訳ばい。おまえはそん女子に振らるっとが怖かった。ただん意気地なしばい。
吹原　そんなことはありません。僕だって、本当に好きになったら、何とかして話しかけたいと

海老名　思う。来美子さんの時はそうでした。でも、彼女が転校してからは、そう思える人が現れなかったんです。

中林　あなた、心の中で比較してたんじゃないですか？　来美子さんと。

吹原　（吹原に）最悪。それ、最悪のパターンばい。そりゃ、来美ちゃんはよか女子だったんだろうばってん、そぎゃん女子がおまえば好きになってくるっと思うとか？

中林　思いません。

吹原　だろう？　女子と付き合いたかったら、適当なところでから妥協せな。

中林　そこがよくわからないんです。人を好きになるのに、どうやって妥協するんですか？　それはつまり、あんまり好きじゃない人を好きになれってことですか？

吹原　そぎゃん言い方ばすっと、ちょ淋しかばってんたい、世ん中ん男は、みんなそぎゃんやってから、女ばゲットしとっとぞ。

中林　中林さんも？

吹原　そぎゃんこつより、クロノスはどぎゃんなったつか。

中林　来美子さんと約束した次の日、開発三課では、クロノスのテストが行われました。僕が右手を骨折してから、ちょうど一年ぶりに。野方さん、チェック完了です。

格子が開く。野方がやってくる。

野方　オーケイ。藤川、そっちはどうだ？

藤川と津久井がやってくる。津久井はカエルの入ったガラスケースを持っている。

藤川　すみません、遅くなって。こいつがちっともやる気を出してくれなくて。
野方　（津久井に）おまえ、まだ反対なのか。
津久井　だって、ピョン吉がかわいそうで。
野方　何度言ったら、わかるんだ。去年の失敗で、開発プランは一年も遅れた。挽回するには、第五次テストから始めるしかないんだ。
藤川　（津久井に）順番通りにやったとしても、いずれは飛ばすことになるんだよ。
津久井　それはわかってますけど、いきなり生体実験から始めるなんて、無謀じゃないですか？　安全性が全く確認されてないのに。
藤川　だから、カエルにしたんだろう？　イヌやネコじゃ、かわいそうだから。
津久井　ピョン吉はかわいそうじゃないって言うんですか？
藤川　それは、おまえが必要以上に可愛がるからだ。名前まで勝手につけやがって。
野方　（津久井に）テストは必ず成功する。ピョン吉は必ず無事に帰ってくる。俺を信用しろ。
津久井　わかりました。
野方　藤川はデータの入力。吹原は社長室に電話だ。

津久井がクロノス・ジョウンターに行き、セルにカエルを入れる。藤川がパソコンに向かう。吹原が電話をかける。

野方　（藤川に）現在の時刻は。

藤川　午前十時十二分四十秒。

野方　よし、目標時刻は十三分ジャスト。シュートはその一分後。つまり、一分前に飛ばすんだ。前回は一時間前にしただろう？　いきなり一時間前っていうのは、やっぱり無理があったんだ。

藤川　（キーを叩きながら）今度は失敗するわけには行きませんからね。野方さん、今、ちょうど十三分です。

野方　吹原、向こうの様子は？

吹原　（受話器を置いて）ピョン吉はまだ姿を現してないそうです。

津久井　野方さん、テストを中止しましょう。

野方　なぜだ。

津久井　結果がわかったからですよ。ピョン吉は一分前に行けなかった。今度のテストも失敗に終わるんです。

野方　そうだとしても、中止するわけには行かない。今、中止したら、ピョン吉が現れなかったのは、テストをやらなかったからということになる。しかし、今のところ、クロノスには何の問題もない。テストを中止する理由は何もないんだ。

津久井　でも、ピョン吉にもしものことがあったら。

43　クロノス

藤川　野方さん、あと十秒で、十四分です。
野方　よし、カウントダウンだ。
藤川　五、四、三、二、一。（とキーを叩く）

クロノス・ジョウンターが眩しく光り、轟音を発し、煙を吹き出す。四人が耳を塞ぐ。光と音と煙が止まる。津久井がクロノス・ジョウンターに駆け寄り、セルを覗く。

津久井　いない！　ピョン吉がいない！
藤川　野方さん、成功です！
津久井　何が成功よ。ピョン吉は一分前に行けなかった。どこか、わからない所へ行ったのよ。
野方　本当にそう言い切れるか？
津久井　え？
野方　吹原、社長室に行って、ビデオを回収してこい。
津久井　でも、ピョン吉は姿を現してないんですよ。
野方　社長の目にはそう見えたのかもしれない。が、他にも可能性はある。たとえば、ほんの一瞬現れて、すぐに消えたとか。
津久井　そんなバカな。
野方　藤川はどう思う。
藤川　（キーを叩きながら）僕は野方さんの意見に賛成です。時間軸を圧縮するには、巨大なエ

津久井　ネルギーが必要ですよね？　ということは、圧縮した瞬間に、巨大な反発力が生じるわけです。元の状態に一刻も早く戻りたいっていう。ピョン吉は一分前に行ったかもしれない。でも、その直後に、元の時間に弾き飛ばされたのかもしれない。

吹原　その意見が正しいなら、ピョン吉は消えた直後にまた現れるはずですよね？　でも、もう一分以上過ぎてますよ。

野方　圧縮に要した力と、それによって生じた反発力が、同じ量とは限らないんじゃないかな？

津久井　一分前に飛ばしたから、一分後に戻れるわけじゃない。下手をしたら、一時間後か、二時間後か。

野方　二分後だ。

津久井　え？

野方　（セルを中を指さして）見ろ。ピョン吉が戻ってきた。

津久井　ピョン吉！（とセルに駆け寄る）

その時、遠くで爆発音。

藤川　何だ、今の音は。

藤川が窓を開けて、外を見る。

野方　何かが爆発したような音だったな。何か、見えるか？
藤川　煙が上がってますね。駅前の交差点の辺りです。
吹原　駅前の交差点？

吹原が受話器を置いて、窓から外を見る。

吹原　それは、シック・ブーケが建っている場所でした。
中林　シック・ブーケが爆発しよったとか？
海老名　花屋がどうして爆発するのよ。
吹原　僕はＰ・フレックを飛び出して、シック・ブーケへ走りました。

格子が閉じる。野方・藤川・津久井が去る。

吹原　大きなタンクローリーが、シック・ブーケの前で燃えていました。頭を店の中に突っ込んで。店は前半分が潰れ、残りの半分は炎に包まれていました。

圭がやってくる。

圭　あ、吹原さん。

吹原　何があったんですか？
圭　タンクローリーの運転手がハンドルを切りそこなったんです。横断歩道に飛び出してきた子供を避けようとして。私と店長は、近所に配達に行ってて、無事だったんですけど。
吹原　来美子さんは？
圭　救急車で病院へ。店長も一緒です。
吹原　ありがとう。（と走り出そうとする）
圭　吹原さん、これ。（とカエルのブローチを差し出す）
吹原　（受け取って）昨日、プレゼントした、カエルのブローチでした。半分溶けていました。

圭が去る。頼人と辻堂がやってくる。辻堂は煤で汚れている。

頼人　吹原さん、こっちです。
吹原　来美子さんは？
頼人　今、ＩＣＵです。俺も今、着いたばっかりで、会ってないんです。
吹原　（辻堂に）来美子さんの具合は？　そんなにひどくないんでしょう？
辻堂　店から担ぎ出した時は、まだ生きてた。
吹原　意識は？
辻堂　何度も声をかけたんだ。しっかりしろ、しっかりしろって。

久里浜がやってくる。

頼人　久里浜さん、うちの姉貴は？
久里浜　姉貴？
頼人　今、中にいる患者だよ。俺の姉貴なんだよ。
久里浜　そうだったんですか。治療はまもなく終わります。こちらに座ってお待ちください。
頼人　待てって言うなら、いつまでも待つけどさ。今、どうなってるのか、教えてくれよ。（と久里浜の腕を摑んで）姉貴は大丈夫だよな？　助かるんだよな？
吹原　やめろよ、頼人。（と頼人の腕を摑む）
頼人　放せよ、バカ野郎！（と暴れる）

鈴谷がやってくる。

鈴谷　蕗来美子さんのご家族の方ですか？
辻堂　いや、俺は職場の上司です。
頼人　（鈴谷に）俺、弟です。
鈴谷　（吹原に）あなたは？
吹原　僕は……。
頼人　先生、姉貴を助けてください。お願いします。

鈴谷　残念ながら、力が及びませんでした。中にお入りください。

頼人　力が及びませんでした？

鈴谷　どうぞ。

頼人　姉さん！

　　頼人が走り去る。辻堂・鈴谷・久里浜も去る。

吹原　僕は職場の上司でも弟でもない。恋人でも友達でもない。彼女のことが好きだった。ただそれだけの男です。そんな男が、中に入っていいんでしょうか。彼女に会っていいんでしょうか。いや、違う。僕が行くべき場所は、ＩＣＵの中じゃない。僕が行くべき場所は。

海老名　まさか、クロノス・ジョウンターに？
吹原　そうです。事故が起きる前へ行って、来美子さんをシック・ブーケの外に連れ出す。そうすれば、彼女は死なずに済む。
海老名　ちょっと待ってください。まだカエルしか飛ばしてないのに、自分を飛ばそうっていうんですか？
吹原　ええ。
中林　無理無理無理。野方課長やったっけ？　あん人に反対さるって決まっとる。
吹原　もちろんそうでしょう。だから、黙って行くしかない。
中林　そぎゃんこつばすっと、クビになっぞ。
吹原　構いません。僕は病院を出て、P・フレックに向かいました。途中、電気屋のテレビでニュースをやっていました。事故が起きたのは午前十時十五分頃。タンクローリーが花屋に突っ込んで、店員が死亡。運転手は軽い怪我。
中林　運転手は無事だったとか。残念。
海老名　中林君、不謹慎よ。

吹原　Ｐ・フレックのビルに入ると、正午のチャイムが鳴っていました。僕は真っ直ぐ、ラボに行きました。

格子が開く。吹原がクロノス・ジョウンターに乗り、操作盤のキーを叩き始める。

海老名　他の人はいなかったんですか？
吹原　（キーを叩きながら）昼休みでしたから。僕は本体の操作盤で、データを入力しました。
中林　（操作盤を指さして）こら、何か？
吹原　Ｐ・フレックがある横浜の地図です。赤い十字のマークが目標地点。この十字を、シック・ブーケがある交差点に移動させる。（とカーセルを動かして）次は目標時刻。
海老名　事故起きたのは午前十時十五分。
吹原　だったら、目標時刻は午前九時三十分。事故が起きる四十五分前です。

藤川がやってくる。

藤川　吹原、何をしてる。
吹原　藤川、見逃してくれ。
藤川　おまえ、自分を過去へ飛ばそうっていうのか？　一体、何を考えてるんだ。

藤川が吹原をクロノス・ジョウンターから引きずり下ろす。

吹原 頼む。見逃してくれ。

藤川 そんなこと、できるわけないだろう。

吹原が藤川を突き飛ばす。藤川が倒れる。吹原が机の上からドライバーを取り、藤川に突き出す。

吹原 さっきの事故で、俺の知り合いが死んだんだ。その人を、何とかして助けたいんだ。

藤川 (電話から受話器を取って、ボタンを押しながら) 気持ちはわかるが、許すわけには行かない。だって、そうだろう? クロノスはまだカエルしか飛ばしてない。人間を飛ばすのは時期尚早だ。

吹原 でも、いずれは飛ばす日が来る。その日がちょっと早まっただけだと思えば。

藤川 駄目だ。今の段階では危険過ぎる。

吹原 俺が戻ってきたら、貴重なデータが手に入る。クロノスが人体にどんな影響を及ぼしたか。これで遅れが一気に挽回できるじゃないか。

藤川 でも、もしおまえが戻ってこなかったら。

吹原 藤川、おまえなら、わかるだろう? もし津久井が死んだら、おまえだって、俺と同じことをするだろう?

藤川 津久井? どうして津久井が出てくるんだ。

吹原　隠すなよ。おまえは津久井が好きなんだろう？
藤川　……どうしてわかった？
吹原　おまえ以外の人間は全員気がついてるよ。だから、頼む。俺を過去に行かせてくれ。
藤川　(受話器を置いて)クソー！　十秒だけ待ってやる。さっさと行っちまえ！
吹原　すまない。

吹原がクロノス・ジョウンターに乗る。

吹原　藤川、もう一つ頼みがある。
藤川　何だ！
吹原　そっちの端末で、本体操作に切り換えてくれ。
藤川　クソー！　俺を共犯者にしやがって！

野方と津久井がやってくる。

野方　やめろ、吹原！
吹原　藤川、早くしろ！
野方　おまえがしていることは、違法行為だ。すぐにそこから出てこないと、警察に通報するぞ。
吹原　僕はただ、彼女を助けたいだけなんです。

野方　どんな理由があるにせよ、許すわけには行かない。クロノスはおまえのオモチャじゃない。
吹原　それなら、クロノスを壊します。
野方　バカなことを言うな！
津久井　僕は本気です。（とドライバーを振り上げる）
吹原　吹原さん、あなた、今朝のテストを見てなかったんですか？　ピョン吉が社長室にいられたのは、わずか〇、〇一三秒。過去に到達できても、すぐに弾き飛ばされるんです。
津久井　ピョン吉はそうだったかもしれない。でも、もし十秒でも過去にいられたら、彼女を助けることができる。
吹原　三秒だったらどうするんですか？　一秒だったら？　いいえ、それ以前に、過去へ行くこともできず、現在へ戻ることもできなかったら。
津久井　僕はそれでも構わない。
吹原　吹原さん、あなたが助けたい人って、誰ですか？　恋人？
野方　違う。でも、僕は中二の時から彼女が好きだった。
吹原　恋人でもない女のために、死ぬつもりか？
藤川　藤川！
　　　勝手にしろ！

藤川がキーを叩く。吹原がセルに入る。クロノス・ジョウンターが眩しく光り、轟音を発し、煙を吹き出す。野方・藤川・津久井が去る。吹原がセルから出てきて、倒れる。格子が閉じる。

海老名　吹原さん？
吹原　（起き上がって）そこは駅の近くの歩道でした。駅前広場の時計は、九時三十一分を指していました。
海老名　行けたんですね？　事故の前に。
吹原　でも、位置が少しずれた。シック・ブーケがある交差点まで、およそ二百メートル。僕は全力で走りました。
中林　二百メートルなら、三十秒もかからんばい。
吹原　ええ、交差点まではすぐでした。でも、シック・ブーケは通りの向こう。それなのに、なかなか信号が青にならない。イライラして、何度も唸ってしまいました。アーとかウーとか。
中林　周りの人は変な目で見よったろう。
吹原　たぶん。
海老名　でも、元の時間へは弾き飛ばされなかったんですね？
吹原　通りを渡って、シック・ブーケに飛び込むと、来美子さんがいました。お客さんと話をしていました。

来美子と足柄がやってくる。来美子は花束を持っている。

来美子　吹原君、どうしたの？　そんな顔をして。
吹原　（海老名に）胸がいっぱいになりました。来美子さんが生きている。僕の目の前にいる。
来美子　会社はどうしたの？　途中で抜け出してきたんじゃないでしょうね？
吹原　（海老名に）僕がプレゼントしたカエルのブローチをつけている。僕を見て、微笑んでいる。
来美子　ねえ、吹原君？
足柄　すみません、僕、急いでるんですけど。
来美子　あ、ごめんなさい。（吹原に）ちょっと待っててね。

来美子が足柄と話を始める。

海老名　どうしてすぐに外へ連れ出さないんですか？
吹原　何だか、胸がいっぱいになっちゃって。
中林　そぎゃんこつば言いよる場合じゃなかろうが！
吹原　わかってます。藤さん、外へ出よう。
来美子　どうして？
吹原　事情は後で説明する。とにかく、早く。
足柄　君、横から割り込まないでくれよ。僕が先に来たんだよ。
吹原　僕は客じゃない。彼女の知り合いだ。

来美子　今、仕事中なのよ。話だったら、後にして。

吹原　そんな時間はないんだ。あと四十五分後、（と店の時計を見て）いや、三十七分後に、この店にタンクローリーが突っ込んでくるんだ。

足柄　君、何を言ってるんだ？

吹原　（来美子に）いきなりこんなことを言われても、すぐには信じられないかもしれない。でも、絶対に嘘じゃない。僕と一緒に外へ出てくれ。（と来美子の手を摑む）

来美子　吹原君、やめて。

足柄　（吹原の手を摑んで）放せよ。

吹原　（足柄の手を振り払って）僕には未来がわかるんだ。十時十五分に、横断歩道に子供が飛び出す。そこへ通りかかったタンクローリーの運転手は、ハンドルを切りそこなって、この店に。（と来美子の手を摑む）

足柄　いい加減にしろよ！

足柄が吹原を突き飛ばす。吹原が倒れる。

足柄　この人、いやがってるじゃないか。

吹原　（立ち上がって）蕗さん、頼む。僕を信じてくれ。

吹原がよろめく。

海老名　どうしたんですか？
吹原　風が。
海老名　風？
吹原　いきなり風が吹いて、僕の体を吹き飛ばそうとして。その風がどんどん強くなって、立っていられなくなって。
中林　元の時間へ弾き飛ばさるっとか？
吹原　もっと彼女と話したいのに。彼女を外に連れ出したいのに。
来美子　吹原君！
吹原　やがて、目の前が真っ白になって。

吹原が倒れる。来美子と足柄が去る。

6

中林　吹原、大丈夫や？
吹原　目が覚めると、僕は床に倒れていました。そこは、Ｐ・フレックのラボでした。
海老名　三課の人たちは？
吹原　誰もいませんでした。でも、別に不思議じゃなかった。ピョン吉は一分前に行って、二分後に戻ってきた。僕は三時間前に行ったんだから――
海老名　計算上は、六時間後ってことになりますね。
中林　てこつは、午後六時三十分？
吹原　でも、ラボの時計は十二時四十五分を指していた。これは一体どういうことだ？　僕はラボを出て、三課に向かいました。藤川に会うために。
海老名　十二時って言ったら、もう夜中ですよ。とっくの昔に帰ったんじゃないですか？
吹原　でも、途中の廊下でたくさんの人と擦れ違った。ほとんどの人が僕の顔を見て、目を剝いていました。
中林　おまえがおらん間に、知れ渡っとったとだろう。勝手にクロノスば使ったこつが。
吹原　三課の入口から、藤川と津久井が出てきました。二人も僕の顔を見ると、目を剝いて――

藤川と津久井がやってくる。

藤川　吹原、おまえ、いつ戻ってきたんだ。
吹原　たった今だ。過去には十分ぐらいしかいられなかった。
津久井　来美子さんには会えたんですか？
吹原　ああ。
津久井　でも、助けられなかったんでしょう？
吹原　どうして知ってるんだ？
津久井　吹原さんが出発した後、すぐに病院に電話したんです。あなたが彼女を助けられたら、彼女は病院にはいないはず。でも、電話に出た人は、「先程、お亡くなりになりました」って。助けられるか、助けられないか。その答えは、出発してすぐにわかったんです。
吹原　それなら、話が早い。俺はもう一度行きたい。彼女を助けに行きたいんだ。
藤川　吹原、おまえが過去へ行ってから、どれだけ時間が経ったか、わかってるか？
吹原　いや。
藤川　七カ月だ。今日は二〇〇七年七月四日だ。
吹原　まさか……。
津久井　あの後、大変な騒ぎになったんですよ。何日経っても、戻ってこないから。
藤川　（吹原に）おまえが戻ってきたことがバレたら、また大騒ぎになる。とりあえず、中に

吹原　入れ。
僕らは三課の部屋に入りました。

吹原と藤川がソファーに座る。津久井が机の引き出しから、スクラップブックを取り出し、吹原に渡す。吹原が開く。

津久井　新聞の切り抜きです。駅前の交差点の事故とか、吹原さんの失踪事件とか、この七カ月の間に書かれた記事は、全部貼ってあります。
海老名　（読む）「タンクローリー、花屋に突っ込む」
中林　（吹原に）こん写真は？
吹原　来美子さんです。
中林　おまえん話ば信じんかったとやな。
吹原　やっぱり、もう一度行くしかない。
藤川　それは、俺の話を聞いてからにしろ。この七カ月の間に、クロノスのテストは二十回近く行われた。そのおかげで、たくさんの事実が判明したんだ。たとえば、時間流とか。
吹原　時間流？
藤川　時間ていうのは、言ってみれば、大きな川の流れなんだ。この流れを無理やり遡ると、より強い力で引き戻される。その力は、遡ったものによって、全く変わる。
吹原　どういうことだ。

津久井　私たちはいろんなものを飛ばしました。野方さんの青春の思い出のシャープペン、靴、椅子、トリ、マウス、サル。それに、この人まで。（と藤川を示す）
吹原　おまえも過去に行ったのか？
藤川　たったの十分前だがな。俺の場合は三十秒、向こうにいられた。そして、五日後に弾き飛ばされた。
津久井　（吹原に）無機物や動物はそんなに先まで行かない。人間だけが遠くへ弾き飛ばされるんです。
吹原　理由は？
津久井　わかりません。でも、野方さんの意見はこうです。人間には意志がある。意志によって、過去に止まろうとする。実際、この人も三十秒、向こうににいたし。時間流が引き戻そうとする力は、その意志の力の大きさによって変わるんじゃないか。
藤川　おまえは向こうに十分もいた。だから、七カ月も弾き飛ばされたんだ。
吹原　何カ月先に飛ばされようと構わない。俺はもう一度行く。
藤川　これだけ言っても、わからないのか。
吹原　おまえにはもう迷惑をかけない。今度はオートにしてから、セルに入るから。
藤川　だから、また見逃せって言うのか？
吹原　頼む、藤川。
津久井　（藤川に）俊君、行かせてあげよう。
藤川　何を言い出すんだ、亜紀。

津久井　吹原さんはクロノスを悪用しようとしてるわけじゃない。自分のために使おうとしてるわけでもない。好きな人の命を救おうとしてるだけなのよ。
藤川　それはそうかもしれないけど。
津久井　私が死んだら、俊君は同じことをしようと思わないの？
藤川　クソー、痛い所を突きやがって。（吹原に）俺は何も知らなかったことにする。協力は一切しないからな。
吹原　ありがとう、藤川。ところで、一つ聞きたいことがあるんだけど、おまえら、いつから、「俊君」「亜紀」って呼び合うようになったんだ？
津久井　私たち、先月、結婚したんです。
吹原　結婚？
藤川　七カ月前のおまえを見て、決心したんだ。好きなら好きって言おうって。
吹原　（海老名に）僕らはラボに向かいました。（とパソコンのキーを叩いて）クロノスのセルに入ろうとすると。

格子が開く。クロノス・ジョウンターから、野方が下りてくる。

藤川　野方さん。
野方　二課の吉本から連絡があった。おまえを見かけた人間がいるって。
吹原　勝手なことをして、申し訳ありませんでした。

野方　おまえがしたことは犯罪だ。が、事情は藤川から聞かされた。情状酌量の余地はある。警察には黙っていてやるから、辞表を書いて、出ていけ。

吹原　わかりました。仰る通りにします。でも、その前に、一つだけお願いがあるんです。

野方　断る。

吹原　返事は、話を聞いてからにしてください。

野方　聞かなくても、わかってる。もう一度、クロノスを使わせろって言うんだろう。

吹原　そうです。お願いします。

野方　バカバカしい。俺が許すと思ってるのか？

吹原　許してもらえなくても、僕は行きます。行くしかないんです。

野方　待て！

吹原がパソコンのキーを叩き、クロノス・ジョウンターに乗る。野方が後を追う。藤川が野方の体をつかむ。格子が閉じる。津久井がパソコンに向かう。

野方　放せ、藤川！

吹原　（キーを叩きながら）目標地点は駅前の交差点。目標時刻は二〇〇六年十一月二十七日午前九時三十分。

野方　やめろ、吹原！

津久井　（吹原に）本体操作に切り換えました。こっちはシャットダウンします。

野方が藤川を振り払い、パソコンに駆け寄り、キーを叩く。

中林　（吹原に）なして動かんとか？
海老名　（セルの操作盤を指さして）見て。（読む）「シュートできない時刻に設定されています」
津久井　（吹原に）大事なことを言い忘れてました。先週のテストで、前に一度飛ばした椅子を、もう一度飛ばそうとしたんです。そうしたら、一回目に行った時刻より前には飛ばせなかったんです。
海老名　（吹原に）あなたは向こうに十分ぐらいいいた。ということは、九時四十分より前には行けないのよ。
中林　そぎゃん。
吹原　（キーを叩きながら）九時四十一分。
中林　また駄目や。

格子が開く。野方がクロノス・ジョウンターに駆け寄る。

吹原　（キーを叩きながら）九時四十二分！
野方　吹原、いい加減にしろ！

吹原がセルに入る。クロノス・ジョウンターが眩しく光り、轟音を発し、煙を吹き出す。野方・藤川・津久井が去る。吹原が射出室から出てきて、倒れる。格子が閉じる。

海老名 吹原さん、目を覚まして！

吹原 （起き上がって）そこはシック・ブーケの前の歩道でした。僕はすぐに中に飛び込みました。蕗さん！

来美子と足柄がやってくる。

来美子 吹原君、あなた、どこに行ってたの？

吹原 ちょっと、店の外に。

足柄 でも、あんた、消えたじゃないか。俺の目の前から、いきなり。

吹原 目にも止まらぬ速さで動いたんですよ。僕は高校時代、ボクシング部にいましてね。だから、フットワークには自信があるんです。

中林 バカなこつば言っとらんで、来美ちゃんば外に連れ出せ！

吹原 蕗さん、僕と一緒に来てくれ。

来美子 どうして？

吹原 言っただろう？　あと三十三分後、（と店の時計を見て）いや、三十一分後に、この店の前で事故が起こるんだ。

足柄　またその話か。三十一分後に起こることが、なぜあんたにわかるんだ。

吹原　そうだ。これを見てくれ。（とスクラップブックを開き、来美子に差し出す）

来美子　（覗き込んで）これは？

吹原　今日の夕刊だよ。ほら、ここの記事。（と指さす）

来美子　（読む）「タンクローリー、花屋に突っ込む」？

足柄　（読む）「十一月二十七日午前十時十五分頃、横浜市の交差点で、タンクローリーが道路脇の花屋に衝突。この事故で、花屋の店員・蕗来美子さん（二十九）は重傷を負い、直ちに近くの病院に運ばれたが、間もなく死亡」

来美子　（吹原に）これは何？　冗談だったら、怒るよ。

吹原　冗談なんかじゃない。ここに書いてあることは、これから本当に起こることなんだ。

足柄　そんなバカな話が、信じられると思うか？

吹原　（来美子に）それでも信じてほしい。

来美子　これから起こることが、どうして記事になってるの？　こんなもの、どうして吹原君が持ってるの？

吹原　僕は未来から来たんだ。

来美子　未来から？

吹原　七カ月後の、二〇〇七年七月から。君を助けるために。

来美子　そんなことがどうしてできるのよ。

吹原　今、うちの会社は、物質を過去に飛ばす機械を開発している。名前はクロノス・ジョウン

来美子　ター。その機械の力で、来たんだ。
クロノス・ジョウンター……。

辻堂と圭がやってくる。二人とも箱を持っている。

辻堂　来美ちゃん、俺、圭ちゃんと馬車道ホテルに行ってくるから。
圭　（来美子に）留守番、お願いしますね。
吹原　行こう、蕗さん。
来美子　でも、私、ここにいないと。
吹原　そんなことを言ってる場合じゃないんだ。さあ。（と来美子の手を摑む）
圭　どうしたのよ、吹原さん。
吹原　何でもない。さあ、蕗さん。興奮しちゃって。（と来美子の手を引っ張る）
来美子　でも。
辻堂　（吹原の肩を摑んで）吹原さん、来美ちゃんは今、仕事中なんですよ。
吹原　（辻堂の手を振り払って）あなたは黙っててください！
辻堂　そう言われても、彼女はうちの従業員ですからね。勝手に連れていかれたら、困る。
圭　（来美子に）何かあったの？
足柄　（吹原を示して）この人が、この店で事故が起こるって。
圭　いつ？

吹原　三十一分後、（時計を見て）いや、二十七分後です。だから、早く外へ行かないと。（と来美子の手を摑む）
辻堂　（吹原の手を振り払って）悪いけど、出ていってくれませんか。
吹原　（辻堂の胸ぐらを摑んで）頼む。彼女も一緒に――
辻堂　（吹原を突き飛ばして）しつこいですよ、吹原さん。
吹原　このままここにいたら、彼女は死ぬんだ。だから、早く――

吹原がよろめく。

来美子　どうしたの、吹原君？
吹原　まただ。また風が……。
来美子　（吹原の腕を摑んで）吹原君、しっかりして。
吹原　また来る……。必ず戻る……。
来美子　吹原君！

吹原が倒れる。来美子・圭・辻堂・足柄が去る。

7

中林　クソー！　どうして次から次へと邪魔が入っとか！
海老名　仕方ないわよ。お客さんや店長さんから見たら、吹原さんの言ってることは無茶苦茶だもの。
中林　ばってん、来美ちゃんは？　吹原があぎゃん必死で頼んどっとに、どうして信じてやらんとか。
海老名　そういうあなたは、すっかり信じたみたいね。
中林　え？
海老名　さっきまではバカにして聞いてたじゃない。でも、今は吹原さんのために、こんなにムキになって怒ってる。
中林　別に信じたわけじゃなかですよ。吹原ん話が事実だったらっつう、仮定の話ばしよるだけで。大体、一番悪かとは吹原です。（吹原に）おまえんやり方はあまりに下手すぎる。俺だったら、客だっちゃ店長だっちゃ殴り倒してから、来美ちゃんば外へ引っ張り出すぞ。
海老名　吹原さん、どうしました？
吹原　（体を起こして）目が覚めると、またP・フレックに戻っていました。でも、すぐには起

海老名　き上がれなかった。起き上がろうとすると、体中に痛みが走って。

吹原　怪我でもしたんですか？

中林　別の時間に移動するたびに、僕は気を失う。だから、到着した瞬間に床に倒れる。おそらく、今度の到着ではおかしな倒れ方をしたんだと思います。

吹原　時間移動の影響ってこつはなかとや？

海老名　その可能性もあるとは思いましたが、今は気にしている場合じゃない。もう一度、来美子さんの所へ行かないと。ところが……。

吹原　どうしたんです？

中林　クロノスがなかった。

吹原　何て？

中林　クロノスが置いてあった場所には、別の機械が並んでいた。小型の機械が三台。壁面のプレートには、「波動発電機」と書いてあった。

吹原　クロノスはどけ行ったとや。

中林　僕は三課へ走りました。でも、部屋の中は空っぽ。時計を見ると、七時五十分。

吹原　朝だったんですね？

海老名　ええ。まだ誰も出勤してなかったんです。エレベーターで一階に降りました。すると、玄関の方から、津久井がやってきました。津久井！

吹原　津久井がやってくる。

津久井　吹原さん、いつ戻ってきたんですか？

吹原　ついさっきだ。それより、クロノスは？

津久井　また行くつもりなんですか？

吹原　ああ。今度は絶対に失敗しない。クロノスはどこにあるんだ。

津久井　吹原さん、落ち着いて聞いてください。クロノスの開発は中止になったんです。不確定要素があまりに多すぎて、実用化の目処が立たないから。

吹原　それはいつの話だ。

津久井　去年の十二月。野方さんは反対したんですけど、最後は社長に押し切られて。

吹原　教えてくれ。今は一体いつなんだ。

津久井　二〇〇九年二月九日。あなたが二回目に過去へ行ってから、一年と七カ月後。

吹原　ということは、事故が起きてから……。

津久井　二年と二カ月後。

吹原　どういうことだ？　未来へ弾き飛ばされる時間は、毎回同じじゃないのか？

津久井　いいえ、シュートのたびに伸びるんです。

吹原　何だって？

津久井　プロジェクトが中止になった最大の理由は、これなんです。同じものを何度も飛ばすと、そのたびに戻ってくるまでの時間が伸びる。しかも、それが何日先になるか、正確な数字はわからない。そんな曖昧なものが、どうして実用化できると思います？

吹原　それで、クロノスは？
津久井　廃棄処分になりました。今頃は、どこかのスクラップ工場でしょう。

吹原が跪く。

津久井　吹原さん？
吹原　（海老名に）体中の力が抜けて、立っていられなかった。やがて、意識が遠くなって、僕は真っ暗な穴の底に落ちていきました。
津久井　誰か！　誰か来て！
吹原　（海老名に）僕は救急車で病院へ運ばれました。来美子さんが亡くなった、横浜大学付属病院へ。

吹原が去る。鈴谷と久里浜がやってくる。久里浜はパソコンに向かう。

鈴谷　肋骨にヒビが入っています。それから、左手首と左足首が軽い捻挫。それから、全身の至る所に打撲傷。まるで、階段から何度も転げ落ちたみたいです。一体、何があったんですか？
津久井　すみません。言えないんです。
鈴谷　私に隠し事はしないでください。患者さんのプライバシーは絶対に守ります。

津久井　でも、話しても、信じてもらえないと思います。
鈴谷　医療は、医師と患者の信頼関係の上に成り立っています。あなたが正直に話してくれれば、必ず信じます。
津久井　わかりました。あの人は、クロノス・ジョウンターという機械で過去へ行ったんです。それも二回も。時間を移動するたびに、あの人は強い衝撃を受けた。そのせいで、全身傷だらけになったんだと思います。
鈴谷　そうだったんですか。
久里浜　先生、今の話を信じたんですか？
鈴谷　一度信じるって言ったのに、今さら取り消すわけには行かないでしょう？
久里浜　結局、信じてないんですね？
鈴谷　医師に二言はありません。（津久井に）怪我の原因はよくわかりましたが、問題は全身の衰弱です。
津久井　衰弱？
鈴谷　心臓とか肝臓とか、すべての内臓の機能が著しく低下しています。まるで、救命ボートで十日以上漂流したみたいです。
津久井　それも、時間移動の影響かもしれません。
鈴谷　だとしたら、当分、控えた方がいいですね。時間移動は。（とカルテに書く）
久里浜　（カルテを見て）うわー！　カルテに「時間移動」って書いてる！
鈴谷　書くわよ。だって、信じたんだもの。（津久井に）とりあえず、一週間、入院てことにし

津久井　ましょう。体力が回復するまで、それぐらいはかかるでしょうから。おそらく、二、三日は歩くこともできないはずです。
わかりました。お世話になります。

鈴谷と久里浜が去る。吹原がやってきて、ソファーに寝る。

吹原　僕が目を覚ましたのは、昼過ぎでした。枕元に、津久井が立っていました。津久井、ありがとう。
津久井　いいんですよ。クロノスの開発が中止になってから、ずっと暇を持て余してたんです。
吹原　その様子だと、子供はまだみたいだな。
津久井　当分、その予定はありません。私、離婚したんで。
吹原　離婚？　いつ？
津久井　去年の十二月。あの人、開発の中止が決まったら、怒っちゃって。会社を辞めて、アメリカに行くって言い出したんです。
吹原　どうしてアメリカへ？
津久井　クロノスの開発を続けるためですよ。設計したのはＭＩＴの研究者でしょう？　その人の所へ行って、一から作り直すって。
吹原　君は反対したのか？
津久井　ええ。私は、開発の中止には賛成だったんで。

吹原　どうして？
津久井　吹原さん、過去は変えられませんよ。
吹原　そんなことはない。
津久井　私、ずっと考えてたんです。吹原さんは、なぜ来美子さんが助けられないのか。なぜ二回とも失敗したのか。それは吹原さんのせいじゃない。時間流のせいです。時間流は、人間が過去を変えることを許さない。クロノスをいくら改良しても、時間流には勝てないんです。
吹原　俺はそうは思わない。
津久井　弾き飛ばされる時間が伸びたのは、なぜですか？　私は時間流の警告だと思います。今度過去へ行ったら、もっと先へ弾き飛ばすぞ。時間流は、あなたに諦めさせようとしてるんです。
吹原　たとえそれが事実だとしても、俺は絶対に諦めない。
津久井　藤川さんもそう言いました。何度話し合っても、喧嘩になって。で、とうとう離婚です。私、クロノスなんて、大嫌いです。あんなものを作らなければ、私も藤川さんも吹原さんも、もっと幸せになれたのに。
吹原　津久井……。
津久井　冷静になって、考えてみてください。今のあなたは、何をするべきか。

津久井が去る。

中林　来美ちゃんのこつは諦めるしかなかろうが。クロノスはスクラップになったっだけん。
海老名　じゃ、あれは何？（とクロノス・ジョウンターを指さす）
中林　クロノスです。あれ？
海老名　（吹原に）津久井さんはあなたに嘘をついたんですね？
吹原　でも、その時の僕は知らなかった。その日の夕方、妹が熊本から見舞いに来てくれました。さちえ。

さちえがやってくる。バッグを持っている。

さちえ　お兄ちゃん、今までどげ行っとったとね！　うちがどっだけ心配ばしたて思っとっと？
吹原　ごめん。
さちえ　ごめんじゃなか！　謝るぐらいなら、どうして連絡ば寄越さんかったとね。
吹原　連絡したくたっちゃ、でけん状況だったんよ。そぎゃんこつより、父さんと母さんは？
さちえ　お兄ちゃんが生きとってわかったら、二人ともベーベー泣いてから。ばってん、お父さん、飛行機が大嫌いでしょ？　だけん、後から、新幹線で来る。これ、お見舞い。（とバッグから瓶を取り出す）
吹原　バカ。病院に焼酎なんか持ってくんな。
さちえ　これはただん焼酎じゃなか。お父さんがお兄ちゃんのために作った、特別の焼酎なんやけ

吹原　ん。名前はかずひこ。
さちえ　俺の名前や？
吹原　お父さんはね、お兄ちゃんば探し出すために、いろんなこつばしたとよ。新聞に広告ば載せたり、探偵ば雇ったり。で、最後に思っついたっがこれ。こん焼酎が日本中に出回れば、どっかでお兄ちゃんが飲むかんしれん。そっで、お父さんの気持ちに気づいて、連絡ばしてくっかんしれんて。
さちえ　これ、日本中に出回っとっとか？
吹原　今、吹原酒造で一番の売り上げ。（と蓋を開けて）ほら、うまかけん、一口、飲んで。（と瓶を差し出す）
さちえ　ばってん、俺、体中、怪我しとるし。
吹原　お父さんが心ば込めて作ったとよ。飲めって言うたら、飲め！　飲め……。（と泣き出す）
さちえ　（瓶を受け取って）わかった、わかった。飲むけん、泣くな。

久里浜と頼人がやってくる。

久里浜　吹原さん、何をしてるんですか。
吹原　あ、これは。
頼人　（吹原の手から瓶を奪って）これ、焼酎じゃないですか。怪我人が何考えてるんです。
さちえ　返して。

頼人　誰だよ、あんた。
さちえ　いいから、返して。早く！
久里浜　（頼人を叩いて）病室で大声を出さないでください！
頼人　大声を出したのは、こいつの方だよ。
久里浜　ほら、貸して。（と頼人の手から瓶を奪って）これは私がお預かりします。
吹原　いや、良かったら、皆さんで召し上がってください。
さちえ　お兄ちゃん！
吹原　よかじゃなかや。気持ちだけもらっとくけん。
久里浜　じゃ、遠慮なくいただきます。鈴谷先生、喜ぶぞ。

久里浜が去る。

さちえ　よかよ。（とバッグから瓶を取り出して）もう一本持ってきたけん。
頼人　そうか。君、吹原さんの妹さんか。
吹原　おまえ、前にも会ってるんだっけ？
頼人　吹原さんの家に遊びに行った時に何度か。（さちえに）俺のこと、覚えてる？
さちえ　いいえ。
頼人　ボクシング部の蕗頼人。
さちえ　ああ、お兄ちゃんのこと、ボコボコにした、不良。

頼人　十二年ぶりだな。あの時は、まだ小学生じゃなかったっけ？

さちえ　中学生です。あ、そうだ。（吹原に）お兄ちゃん、こん人んお姉さんに片思いしとったよね。確か、来美子さんやったっけ？（頼人に）お姉さんはお元気ですか？

頼人　死んだよ。二年前に、事故で。

さちえ　……ごめんなさい、知らなくて。

吹原　（頼人に）おまえにとっては、二年前になるんだな。

頼人　ええ。吹原さん、あなた、二年もどこに行ってたんです。

吹原　会いに行ってたんだよ。来美子さんに。

8

吹原が立ち上がる。制服の高校生たちがやってくる。傘を差して、去っていく。その中に、来美子がいる。来美子が傘を差す。と、吹原に気づいて、傘を差し出す。吹原が首を横に振る。来美子が去る。

吹原　十年前、僕は高校三年でした。勉強と部活に明け暮れる毎日で、楽しいことなんて何もなかった。

海老名　勉強はともかく、部活は？

吹原　僕は弱かったですからね。正直言って、練習に行くのが苦痛でした。ランニングや筋トレはいいんです。問題はスパーリングで。

中林　ボコボコにされとったとやろ。

吹原　おかげで、一年中、痣だらけでした。

中林　情けなか。

吹原　三年になった四月、うちの部に頼人が入ってきました。とにかくメチャクチャ強かった。ボクシングの経験はなかったのに、体のキレが抜群で。噂によると、中学時代に喧嘩で鍛えたようでした。

海老名　つまり、不良だったんですね？
吹原　でも、出る杭は打たれる。頼人はすぐに、先輩に睨まれるようになったんです。

荒尾・玉名・八代・水俣がやってくる。

中林　あいつらは？
吹原　ボクシング部の三年です。
海老名　ということは十八歳？　みんな、いろいろ苦労してきたみたいね。

頼人がやってくる。

荒尾　蕗、ぬしゃ、なんでこけ呼ばれたつか、わかっとっとや。
頼人　（首を横に振る）
玉名　黙っとらんで、返事ばせえ！
頼人　はいはい。お説教がしたいなら、さっさとしてくださいよ。覚悟はできてますから。
八代　ぬしゃ、そん態度はなんか！
吹原　まあまあ。
四人　ぬしゃ、黙っとけ！
荒尾　蕗、おまえが強かとは認めてやる。ばってん、ボクシングはスポーツばい。喧嘩と違うて、

頼人　ルールんあっとぞ。

水俣　俺がいつルールを破りました？
頭ん悪かやつやな。そん態度がルール違反て言いよっとたい！

水俣が頼人の頭を叩く。が、頼人は避ける。水俣が頼人に殴りかかる。頼人が避けて、水俣を殴る。水俣が倒れる。それを見た荒尾・玉名・八代が次々と頼人に殴りかかる。が、頼人は三人を次々と殴り倒す。頼人が吹原を見る。

吹原　ここまですることなかろうが。

頼人　三年のくせに、この程度か。こんな部、辞めてやるよ。

頼人が去る。荒尾・玉名・八代・水俣も去る。

中林　バカなやつやな。一発殴られとけば、辞めずに済んだとに。

海老名　我慢できなかったんでしょう。何もしてないのに、殴られるのが。

吹原　でも、頼人は怒ってなかった。僕を見た時の目は、やけに淋しげで。こいつは本当はボクシングがやりたいんだ。そう思った僕は、頼人を説得することにしたんです。

頼人がやってくる。

頼人　どうして俺が謝らなくちゃいけないんですか。先に殴りかかってきたのは、向こうの方ですよ。

吹原　そりゃそぎゃんかもしれんばってん、あぎゃん強く殴り返すこたなかろうが。荒尾なんか、顎が外れたっぞ。

頼人　避けられなかった、あいつが悪いんですよ。

吹原　ばってん、怪我ばさせたとはおまえばい。俺と一緒に謝りに行こう。

頼人　しつこいですよ、吹原さん。

吹原　そっだけが、俺の取り柄なんだ。だけん、さあ。

吹原が頼人の腕をつかむ。頼人が吹原の手を振り払い、腹を殴る。吹原が跪く。

頼人　これ以上、俺に付きまとったら、本気で殴りますよ。

頼人が去る。

中林　なんてひどかやつや。あぎゃん分からず屋、放っておけばよかとに。

吹原　でも、辞めるまでの三カ月、あいつは誰よりもまじめに練習してたんです。

海老名　でも、本人が辞めるって言ってるのに。

吹原　それから一カ月、僕は頼人を追いかけました。頼人の教室へ行ったり、放課後、待ち伏せしたり。しまいには、家まで追いかけて、（と上の方に向かって）頼人！　おっとだろ？　話んあっとたい。出てけえよ。

来美子がやってくる。

来美子　吹原君でしょう？
吹原　え？　どうして僕のこと……
来美子　知らないわけないでしょう？　中二の時、同じクラスだったじゃない。
吹原　うん……。
来美子　頼人のこと、ボクシング部に連れ戻そうとしてくれてるんでしょう？
吹原　いや、僕は……。
来美子　私も毎日言ってるのよ。でも、全然聞いてくれなくて。あの子って、小さい時からずっとそう。頑固で、照れ屋で、自分の気持ちを他人に伝えるのが下手で。
吹原　それじゃ……。
来美子　あの子も本当は戻りたいのよ。ボクシングがしたいのよ。だから、頼人のこと、見捨てないでくれる？　私も協力するから。
吹原　は、はい……。
来美子　ありがとう。じゃあね。

来美子が去る。

中林　良かったな、来美ちゃんと話ができて。おまえん本当の狙いはこれだったとやろ？
海老名　失礼なこと、言うんじゃないの。吹原さんはただ、頼人君のことが心配で。
中林　異議あり。頼人が来美ちゃんの弟じゃなかったら、吹原は心配しなかったて思います。
吹原　そうかもしれません。でも、僕だって一応、九州男児です。一度始めたことは、絶対に最後までやり通して見せる。

頼人がやってくる。

頼人　（紙を差し出して）何ですか、これは。
吹原　おまえ、字が読めんとか。決闘状たい。
頼人　俺に勝てると思ってるんですか？
吹原　思っとらん。だけん、条件ばつけさせてもらう。俺が倒れたら、おまえの勝ち。俺のパンチがおまえに一発でん当たったら、俺の勝ち。
頼人　バカバカしい。あんたのへなちょこパンチが当たるわけないだろう。

頼人が背中を向けて、歩き出す。吹原が頼人に殴りかかる。頼人が避けて、吹原を殴る。吹原がよろ

めく。が、また頼人に殴りかかる。頼人が避けて、吹原を殴る。何発も。そこへ、さちえが走ってくる。吹原を抱き抱えて、

さちえ　もう止めてよ！
頼人　おまえ、誰だ？
吹原　放せて、さちえ。
さちえ　もうよかじゃなかね。こぎゃん不良んために、お兄ちゃんが痛い思いばするこつなかでしょ。
頼人　不良とはなんだ、不良とは。
さちえ　本当のこつば言うて、何が悪かとね！

さちえが頼人を殴る。頼人は避けない。

さちえ　あ！
吹原　さちえ、逃げろ！
頼人　俺は女は殴りませんよ。クソー。よりによって、小学生にパンチを決められるとは。
さちえ　うちは中学生ばい。
頼人　わかりましたよ。吹原さんの言う通りにします。三年のバカ共に謝ってやりますよ。
吹原　本当や？

頼人　でも、俺が謝ったからって、あいつらが許すとは限りませんよ。
吹原　そっは俺が何とかするけん。
頼人　勝手にしてください。

頼人が去る。さちえも去る。

中林　結局、妹に助けてもらったとか。おまえってやつは、どこまで情けなかとや。
海老名　そんなことない。頼人君はわざと殴られたのよ。吹原さんに勝たせるために。
中林　（吹原に）そっで、頼人はボクシング部に戻れたつや？
吹原　ええ。ただし、二度と先輩に逆らわないって条件付きで。でも、戻ってから、たったの三カ月で、頼人は転校することになったんです。
海老名　来美子さんも？
吹原　引っ越しの日、僕は空港まで見送りにいきました。

頼人と来美子がやってくる。二人とも鞄を持っている。

頼人　吹原さん、いろいろお世話になりました。
吹原　どぎゃんしたとや。今日はやけにしおらしかじゃなかや。
頼人　最後だから、まじめに話そうと思って。俺、中学の時、姉貴や親にひどい心配をかけて。

だから、高校に入る時、一からやり直そうって決めて。それで、ボクサーを目指すことにしたんです。吹原さんがいなかったら、諦めるところでした。

吹原 絶対になれよ。ボクサーに。

頼人 はい。じゃ、吹原さん、お元気で。

頼人が去る。

来美子 吹原君、いろいろありがとう。

吹原 いえ……。

来美子 また会えるよね。いつか、どこかで。じゃあね。（と背中を向けて、歩き出す）

吹原 蕗さん！

来美子 （振り返って）何？

吹原 僕の方こそ、ありがとうございました。（と頭を下げる）

来美子が去る。

吹原 （頭を下げたまま）実は、僕は中学二年の時から、あなたのことが――（と頭を上げて）あれ？

中林 バカ！　おまえってやつはどっからどこまってでん……。

海老名　（吹原に）どうして、ありがとうって言ったんですか？

吹原　彼女のおかげで、必死に生きることができた。勉強、ボクシング、頼人、最後までやり通せたのは、彼女がいたからだった。さちえ。

吹原がソファーに寝る。さちえがやってくる。

さちえ　何ね。

吹原　おまえに話がある。とても長か話ばい。すぐには信じられんかんしれん。ばってん、信じてほしか。

さちえ　一体、何の話？

吹原　そうだ。頼人にも協力してもらおう。おまえ一人じゃ心配だけんね。電話して、呼んでくれんや？

さちえ　そん前に教えてよ。何か、大切な話ね？

吹原　ああ。クロノス・ジョウンターの話だ。

吹原・海老名・中林が去る。

9

野方と頼人がやってくる。

野方 津久井から聞いたよ。お兄さん、帰ってきたんだってね。
さちえ ええ。
野方 二年も行方がわからなかったんだ。君もご両親も、さぞかし心配だったろう。無事に帰ってきて、何よりだ。
さちえ 無事とは言えないですよ。全身打撲で入院したんだから。
野方 どうしてそんな怪我をしたんだろうね。彼、何か言ってた?
さちえ 何かって?
野方 だから、怪我の原因だよ。あと、二年もどこに行ってたのか。
頼人 過去に行ってたんだってさ。姉貴を助けるために。
野方 聞いたのか、クロノスのこと。
頼人 ああ。何から何まで。
野方 困るなあ。クロノスの開発は、社外の人間には極秘なんだ。たとえ家族といえども、話を

頼人　されては困る。ましてや、赤の他人には。
野方　俺は他人じゃない。高校の後輩だ。
さちえ　そういうのを他人て言うんだ。で、今日は何の用？
野方　クロノスは今、どこにありますか？
さちえ　さあ。
野方　どこかのスクラップ工場に送られたんでしょう？　その場所を教えてください。
頼人　驚いたな。吹原のやつ、まだ諦めてないのか。
野方　姉貴が助けられるまで、何度でも行くってさ。
頼人　残念ながら、それは無理だ。クロノスはもうこの世にはない。今頃は鉄屑にされて、バケツやスチールタワシに生まれ変わってるだろう。
野方　その可能性もあるだろうな。でも、まだ壊されずに残ってる可能性だって。
頼人　工場に送ったのは、二カ月も前だ。残ってるわけない。
野方　それは俺たちが確かめる。工場の場所を教えてくれよ。
頼人　断る。
野方　なぜだ。
頼人　吹原から聞いただろう。彼はクロノスを私的な目的で使った。それも二回も。
野方　自分のためじゃない。姉貴を助けるためだ。
頼人　そういうのを私的って言うんだ。申し訳ないが、君たちの力にはなれそうもない。帰ってくれ。（と歩き出す）

さちえ　待ってください。
野方　(立ち止まって)まだ何かあるのか。
さちえ　兄がしたことは、許されないことです。私からお詫びします。
野方　君が謝っても、意味がない。
さちえ　でも、兄はまた行くつもりです。もちろん、私は止めました。でも、全然聞く耳を持たない。兄を諦めさせるには、はっきりさせるしかないんです。クロノス・ジョウンターはもうこの世にはないってことを。
頼人　おまえ、吹原さんが行くことに反対なのか?
さちえ　決まってるじゃない。生きて帰れるかどうかもわからないのに。
頼人　帰れるさ。一回目も二回目も帰ってきたんだから。
さちえ　でも、二年も経ってからじゃない。(野方に)お願いします。工場の場所を教えてください。
野方　吹原に伝えてくれ。今度過去へ行ったら、二年や三年じゃすまない。おまえの人生はメチャクチャになるぞって。

野方が去る。藤川がやってくる。

頼人　おい、待てよ!
藤川　そうか。吹原のやつ、やっと帰ってきたのか。

さちえ　今、横浜大学付属病院にいます。衰弱がひどくて、二、三日は立ち上がれないだろうって。で、私がかわりに来たんです。

頼人　（藤川に）あんた、アメリカには行かなかったのか？

藤川　行ったよ。クロノスの設計者に会って、一緒に改良しようってもちかけてきた。

頼人　改良？

藤川　クロノスは、物質を過去に飛ばすだけの機械だ。それ以外のことは何もできない。向こうに何分いて、何年先に戻ってくるか。それは飛ばされた人間次第なんだ。実用化を目指すなら、そこの所を何とかしないと。

頼人　何とかなるのか？

藤川　野方さんは諦めた。で、かわりに、パーソナル・ボグって装置を作った。これを体に着けていけば、過去に止まることができる。最大で九十時間。

さちえ　そんなに？

藤川　でも、そんなの、根本的な解決にはならないだろう？　どんなに長く向こうにいられたって、結局は遠い未来へ弾き飛ばされるんだから。僕はあくまでも、元の時代に戻れるようにしたかった。僕なりに改良案を考えて、設計者に提示したんだ。ところが……。

さちえ　断られたんですね？

藤川　鼻で笑われたよ。クロノスは欠陥商品だ。諦めろって。最初に設計したくせに、無責任だと思わないか？

頼人　で、あんたも諦めたのか？

藤川　バカだよな。あんなものにこだわらなければ、会社を辞めることもなかったし、離婚することもなかったのに。
さちえ　津久井さんとは会ってないんですか？
藤川　会えるわけないだろう。別れる時、大喧嘩になったんだから。あいつ、今でも怒ってるだろうし。
さちえ　藤川さんは怒ってないんですか？
藤川　正直言うと、後悔してる。あいつよりクロノスを選ぶなんて、俺はやっぱり大バカだ。
さちえ　電話してみたらどうですか、津久井さんに。
藤川　電話？
さちえ　離婚したのは、たったの二カ月前でしょう？　藤川さんが謝ったら、きっと許してくれますよ。
藤川　でも、今さらなんて謝ればいいんだ。
さちえ　あなたは今でも津久井さんが好きなんでしょう？　だったら、そう言えばいいじゃないですか。うちの兄なら、きっと言いますよ。
藤川　確かに、吹原ならそうするだろうな。じゃ、僕も。（と携帯電話を出す）
さちえ　その前に、教えてください。クロノスは、どこのスクラップ工場に送られたんですか？
藤川　僕は知らない。野方さんにでも聞いてみたら？
頼人　野方が教えてくれないから、あんたに聞きに来たんだよ。
藤川　どうせ市内のどこかだろう？　電話帳で調べて、片っ端から聞いてみたらいいじゃないか。

さちえ　それはもうやりました。でも、どこにもなかったんです。
藤川　あいつはまた行くつもりなのか？
頼人　ああ。あんたと違って、まだ諦めてないんだ。
藤川　吹原に伝えてくれ。諦めるのは逃げじゃない。次の目標へ向かっていくための、一時的な撤退なんだ。いつまでも意地を張ってると、我が身を滅ぼすことになるぞ。

藤川が去る。吹原がやってくる。

吹原　そうか。二人とも教えてはくれなかったか。
さちえ　どぎゃん？　諦める気になったね？
吹原　まさか。クロノスはまだこの世にある。間違いない。
さちえ　どうしてそぎゃんこつば言ゆっとね。
吹原　だって、野方さんはこう言ったんだろう？　今度過去へ行ったら、二年や三年じゃすまないって。クロノスがもうこの世にないなら、今度なんて仮定は成立しない。
頼人　それは、言葉の綾じゃないですか？
吹原　理系の人間は、そんな難しい表現はしない。野方さんが今度って言うからには、まだ過去へ行く可能性は残ってるんだ。

久里浜がやってくる。

久里浜　吹原さん、あなたにお電話なんですけど、どうしますか?
さちえ　私が出ます。(吹原に)お父さんたちじゃなかかな?　きっと新横浜に着いたとよ。
久里浜　あの、相手の方は津久井さんって名乗ってましたけど。
吹原　僕が出ます。頼人、手を貸してくれ。

久里浜が去る。吹原が頼人の手を借りて、ソファーから立ち上がり、机の上の電話の受話器を取る。別の場所に、津久井が携帯電話を持ってやってくる。

津久井　ごめんなさい、吹原さん。私、嘘をついてました。
吹原　嘘?
津久井　クロノスは横須賀にあります。
吹原　本当か?
津久井　横須賀の、住島重工の系列会社の倉庫です。開発が中止になった時、野方さんが移したんです。
吹原　どうして倉庫に?　開発が再開されるのを待つつもりなのか?
津久井　違います。あの人は今でも開発を続けてるんです。たった一人で。
吹原　何だって?
津久井　表向きは、資料として保存するってことになってます。だから、社長も野方さんがしていることは知りません。知っているのは、三課の人間だけです。

津久井　どうして僕に話す気になったんだ。

吹原　藤川さんから電話があったんです。もう一度、やり直してくれないかって。あなたの妹さんに言われたんだそうです。私に謝れって。

津久井　さちえのやつ、そんなことを。

吹原　私、もう諦めてたんです。それなのに、吹原さんが戻ってきたら、藤川さんまで戻ってきた。それで、考え直したんです。吹原さんなら、奇跡を起こせるかもしれない。過去が変えられるかもしれないって。

吹原　変えてみせるさ。何が何でも。

津久井　成功を祈ってます。でも、くれぐれも無理はしないで。

吹原　ありがとう、津久井。

吹原が受話器を置く。津久井が去る。

吹原　さちえ、タクシーを呼んでくれ。

頼人　まさか、外へ出るつもりじゃないでしょうね？

吹原　クロノスは横須賀の倉庫にある。俺は今から横須賀に行く。

さちえ　バカなこつば言わんでよ。そぎゃん体で、行けるわけなかでしょう？

吹原がよろよろと歩き出す。久里浜がやってくる。

久里浜　何してるんですか、吹原さん？

吹原　急な話で申し訳ないけど、退院させてもらいます。

久里浜　そんなこと、許されるわけないでしょう？

吹原　別に許してもらおうとは思ってません。出ていきたいから、出ていくだけです。

久里浜　（奥に向かって）先生！　鈴谷先生！

久里浜が去る。吹原がよろよろと歩き出す。

さちえ　ねえ、お兄ちゃん、やめてて。

頼人　（吹原に）やっぱり無理ですよ。まともに歩くこともできないのに。

吹原　そう思うなら、横で見てないで、手を貸してくれ。

頼人が吹原を支える。鈴谷と久里浜がやってくる。

鈴谷　吹原さん、私は退院を許可しませんよ。

吹原　その前に、僕は自分が入院することを承諾してません。

鈴谷　承諾なんか必要ありません。あなたの体は、入院による治療を必要としているんです。

吹原　それはあなたの判断です。僕の判断とは違う。
さちえ　もうよか。頼人、お兄ちゃんば病室に戻して。
頼人　いきなり呼び捨てにするな！
鈴谷　（吹原に）一体どこに行くつもりです。もしかして、また時間移動に？
吹原　そうです。
鈴谷　吹原さん、よく聞いてください。時間移動っていうのは、あなたの妄想です。そんなこと、現実ではありえないんです。
久里浜　今朝は信じるって言ったくせに。
鈴谷　もう我慢の限界よ。だって、あまりにバカげてるじゃない。
吹原　あなたがそう思うのも無理はない。でもね、本当にバカげてるのは、時間移動じゃない。来美子さんが死んだってことです。僕は絶対に認めない。そんなバカげた話は絶対に認めない。
鈴谷　あなたは来美子さんて人を助けに行こうとしてるんですか？
吹原　そうです。
鈴谷　私の仕事も患者を助けることです。だから、今、あなたを行かせたら、私は医師失格です。
吹原　大丈夫。あなたは立派なお医者さんですよ。頼人。
頼人　鈴谷先生、ごめんなさい！（と吹原を背負って、走り出す）
さちえ　あっ、裏切り者！

鈴谷　待ちなさい、吹原さん！

頼人が吹原を背負って、走り去る。後を追って、さちえ・鈴谷・久里浜が去る。

10

海老名と中林が走ってくる。反対側から、頼人が吹原を背負って、走ってくる。後から、さちえも走ってくる。

中林　そって、病院からは脱出できたとや？
吹原　ええ。僕らは玄関の前でタクシーに乗って、一路、横須賀へ向かいました。

吹原・頼人・さちえがソファーに座る。

海老名　倉庫の場所は知ってたんですか？
吹原　いいえ。
中林　行き先も知らんとに、出発したつや？
吹原　でも、すぐに津久井に電話して、聞きました。津久井には、「無理しないでって言ったのに」って怒られたけど。
海老名　体が元の状態に戻ってからでも、良かったんじゃないですか？

中林　（吹原に）そぎゃんたい。別に焦って、クロノスに乗る必要はなかじゃなかか。おまえが一週間後に行ったたっちゃ、一年後に行ったたっちゃ、来美ちゃんにとっては変わらんとやけん。

吹原　理屈ではそうですけど、僕は一秒でも早く、行きたかった。

海老名　どうして？

吹原　来美子さんが死んだって事実を、一秒でも早く変えたかった。現実の時間では、彼女が死んでから、もう二年以上も経っている。でも、僕にとっては、たった半日前のことなんです。

海老名　せめて、ご両親に会ってから、行けばいいのに。さちえさんも言ってたじゃないですか。そろそろ新横浜に着く頃だって。

中林　（吹原に）せっかく熊本から駆けつけたとに、また行方不明になりましたなんて、あんまりじゃなかか。

吹原　確かにあの時、僕の頭の中では、両親の顔がちらつきました。一目会いたいと思いました。でも、もし会ったら……。

中林　会ったら、何か。

海老名　（吹原に）過去へ行くのがいやになるかもしれない。そう思ったんですね？

吹原　（頷いて）横須賀の倉庫に着いたのは、夜の九時過ぎでした。タクシーを降りると、中から守衛さんが出てきました。胸のプレートに、足柄と書いてありました。

吹原・頼人・さちえが立ち上がる。足柄がファイルを持ってやってくる。

足柄　珍しいですね。こんな時間に、人が訪ねてくるなんて。

海老名　あれ？　この人、どこかで見たことがある。

吹原　事故が起きる直前に、シック・ブーケに来ていたお客さんです。

中林　ばってん、会ったつは二年も前のこつだろう。覚えとるわけなかろうが。

吹原　僕もそう思ったんですが、念のために。（と顔を背けて、足柄に）Ｐ・フレックの吹原です。この二人は僕の部下です。

頼人　（足柄に）はじめまして。

足柄　あなたもＰ・フレックの方ですか？

頼人　疑うんですか？

足柄　そういうわけじゃありませんが、一応、社員証を見せてもらえますか？

吹原　この二人はアルバイトなんですよ。だから、社員証なんか持ってません。

足柄　じゃ、あなたは？

吹原　僕はもちろん、持ってますよ。ほらね。（と社員証を差し出す）

足柄　（受け取って）あれ？　この顔は前に見たことがあるぞ。前にどこかでお会いしませんでしたっけ？

吹原　人違いじゃないですか。僕みたいな顔はどこにでも転がってるし。

足柄　それもそうですね。（と社員証を吹原に返して）で、ご用件は。

吹原　こちらに、クロノス・ジョウンターって機械が保管されてますよね？
足柄　クロノス・ジョウンター？　そんな名前は聞いたことないですね。
吹原　いや、確かにこちらの倉庫にあるんです。実は、その機械のデータが急に必要になりましてね。申し訳ないけど、案内してもらえますか。
足柄　機械を動かすんですか？
吹原　データを取るだけです。ものの一時間で終わります。
足柄　だったら別に構いませんけど、下手に動かして、壊したりしないでくださいよ。私の責任問題になりますから。（ファイルを捲って）あった。クロノス・ジョウンターは十五番倉庫ですね。ご案内しましょう。

足柄が去る。格子が開く。

吹原　十五番倉庫の扉を開けると、足柄さんは守衛室へ帰っていきました。僕らは中に入って、電気を点けました。目の前に、クロノスがありました。
頼人　これがクロノス・ジョウンターか。
さちえ　お兄ちゃん、行かんでよ。
吹原　さちえ、ごめん。
さちえ　ごめんじゃなか！　うちがこっだけ頼んでも、行くて言うとね？
頼人　いや、吹原さんは行かない。クロノス・ジョウンターには俺が乗る。

吹原　頼人、何を言い出すんだ。
頼人　今のあなたは走ることもできない。過去に行っても、きっとまた失敗します。その点、俺は足が速いし、邪魔者を殴り倒す力も持ってる。
吹原　でも、過去に行ったら、未来へ弾き飛ばされるんだぞ。
頼人　俺は今年で二十九です。ボクサーとしては、そろそろ限界ですよ。だから、今日で引退ってことにします。
吹原　駄目だ。おまえを行かせるわけには行かない。
頼人　だったら、力ずくで行きますよ。
吹原　殴りたければ、殴れ。でも、おまえには絶対に行かせない。
頼人　吹原さん。
吹原　俺はもう一度、来美子さんに会いたい。会って、言いたいことがあるんだ。
頼人　全く、あなたって人は。これじゃ、十二年前と同じじゃないですか。
吹原　そうだな。
頼人　一度言い出したら、絶対に聞かないんだから。あなたみたいな頑固な人、見たことないですよ。
吹原　頼人、おまえに謝らなければいけないことがある。
頼人　何ですか、急に。
吹原　十年前、いや、おまえにとっては十二年前か。おまえをボクシング部に連れ戻そうとしたのは、おまえのためじゃなかった。いや、もちろん、おまえのためでもあったんだけど、

頼人　実は他にも目的があったんだ。
吹原　姉貴に近づきたかったんでしょう？
頼人　すまない。俺はおまえを利用したんだ。
吹原　バカだな、吹原さんは。そんなこと、最初から知ってましたよ。
頼人　え？
吹原　だから、何度も殴ったんですよ。本当は俺のことなんかどうでもいいくせに。そう思いながら、殴ってたんです。全部で何発殴ったかな。
頼人　九発だ。
吹原　数えてたんですか？
頼人　うん。十発やられたら、諦めようと思ってたんで。
吹原　あと一発。ギリギリだったってわけか。
頼人　良かったよ。あの時、さちえが来てくれて。
吹原　でもね、もし十発殴ったとしても、吹原さんは諦めませんでしたよ。もう十発我慢しようと思ったはずですよ。
頼人　俺はそんなに我慢強くないよ。
吹原　いや、あなたはそういう人です。ああ、こいつはそこまで姉貴が好きなのか。そう思ったら、何だか意地を張るのがバカバカしくなっちゃって。こいつは、好きな女のためなら、何でもする。だったら、俺もボクシングのために、何でもしようって。
頼人　そうだったのか。

頼人　吹原さん、姉貴をよろしくお願いします。
吹原　（頷いて）さちえ、父さんと母さんに伝えてくれ。もうしばらく留守にするばってん、必ず帰ってくるて。

さちえが机の上からスパナを取り、クロノス・ジョウンターに乗る。

吹原　さちえ！
さちえ　うちは絶対に行かせんけんね。こぎゃん機械、うちが壊してやる。（とスパナを振り上げる）
吹原　やめろて、さちえ！
さちえ　お兄ちゃんは何もわかっとらん。自分のこつだけ考えて、残された人間の気持ちなんか気にも止めとらん。お母さんが何回泣いたか、回数ば教えてあげようか？
吹原　違うとたい、さちえ。俺だって、残された人間なんだ。大切な人に死なれた人間なんだ。だけん、何とかしたかったたい。頼む。俺ば行かせてくれ。
さちえ　お兄ちゃん。
吹原　絶対に生きて帰ってくっけん。

吹原がクロノス・ジョウンターに乗り、さちえに右手を差し出す。さちえが吹原の手の上にスパナを置く。

頼人　吹原さん、誰か来ます。急いで！

吹原　（操作盤のキーを叩いて）あれ？

頼人　どうしたんです？

吹原　クロノスが起動しない。俺がいない間に、野方さんがプロテクトをかけたんだ。クソー！

足柄がやってくる。

足柄　どうしました？

吹原　いや、別に。足柄さんこそ、何か？

足柄　同僚の方がいらっしゃいましたよ。ここで待ち合わせしたそうですね。

藤川がやってくる。

吹原　藤川！

藤川　悪かったな、遅くなっちゃって。いや、津久井が電話で知らせてくれたんだよ。おまえがクロノスを使おうとしているって。でも、おまえ、プロテクトの外し方、知らないだろう？

吹原　ああ。

藤川　俺にやらせてみろ。

藤川がクロノス・ジョウンターに乗る。さちえが下りる。

藤川　（キーを叩きながら）解除コードは、野方さんが高校の時、片思いしてた子の名前、「ナツカワノハラ」。さあ、後はおまえがやれ。

吹原　藤川。

藤川　行ってこい。二年二カ月前へ。

藤川がクロノス・ジョウンターから下りる。

足柄　ちょっと待ってください。行ってこいって、どういうことです。

藤川　知らないんですか？　クロノスは、物質を過去へ飛ばす機械なんですよ。

足柄　過去へ飛ばす？（吹原に）そうか、あなたはあの時の。

頼人　吹原さん、急いで！

頼人が足柄につかみかかる。

足柄　放せ！

吹原　（キーを叩きながら）目標地点は駅前の交差点。目標時刻は二〇〇六年十一月二十七日午前九時五十分。

海老名　（操作盤を読む）「シュートできない時刻に設定されています」

足柄が頼人を振り払う。藤川が足柄につかみかかる。

吹原　（キーを叩きながら）九時五十一分。

中林　（操作盤を読む）「シュートできない時刻に設定されています」

足柄が藤川を振り払い、クロノス・ジョウンターに駆け寄る。

吹原　（キーを叩きながら）九時五十二分。

足柄　やめろ！

足柄が吹原の腕をつかむ。吹原が足柄の手を振り払い、セルに入る。クロノス・ジョウンターが眩しく光り、轟音を発し、煙を吹き出す。頼人・さちえ・藤川・足柄が去る。吹原がセルから出てきて、倒れる。格子が閉じる。

中林　吹原、立てるや？

吹原　(立って) 周りを見回して、僕は愕然としました。ここはどこだ。
海老名　どういうこと？　知らない場所だったんですか？
吹原　住宅街の真ん中でした。駅前の交差点は一体どっちなんだ。
中林　そうか。あん守衛のせいで、赤い十字がずれたったい。
吹原　僕はよろよろ走り出しました。角を曲がると、クリーニング屋がありました。店番のおばさんに聞くと、駅前の交差点は一キロも先。
海老名　一キロ？
中林　(吹原に) タクシーたい。タクシーば拾え。
海老名　住宅街の真ん中に、タクシーが通りかかる？
吹原　店の柱時計は、九時五十三分。僕は外へ出て、走り出しました。
中林　そぎゃん体で走ったら、何分かかるて思とっとか。
吹原　でも、それしか方法がなかった。
海老名　(吹原に) 過去にいられるのは、十分程度でしょう？　急がないと、シック・ブーケに着く前に。
吹原　そんなことはわかってます。
中林　走れて、吹原！　もっと速う！
吹原　パン屋の角を曲がると、大きな通りに出ました。遠くに、シック・ブーケが見えました。
中林　走れ、吹原！
吹原　あと五十メートル、と思った時、目の前に、辻堂さんと圭さんが。

辻堂と圭が箱を持って、やってくる。

圭 吹原さん！

辻堂 （吹原に）あんた、どうしてここにいるんだ。

吹原 そこをどいてください。

圭 急にいなくなったから、ビックリしちゃった。いつの間に、外に出たの？

吹原 そこをどいてください。

吹原が圭を突き飛ばす。辻堂が吹原の腕をつかんで、

辻堂 どこに行くんです。

吹原 放してくれ。

辻堂 また来美ちゃんにちょっかいを出すつもりですか？　吹原さん、あなた、ちょっとおかしいですよ。

吹原 何とでも言ってくれ。僕は彼女を助けたいだけなんだ。

辻堂 いい加減にしろよ！

辻堂が吹原を突き飛ばす。吹原が跪く。

辻堂　何が彼女を助けたいだ。あんたのおかげで、来美ちゃんや俺たちがどれだけ迷惑してるのか、わからないのか？

吹原が立ち上がり、歩き出す。辻堂が吹原の肩をつかみ、引き戻す。吹原が倒れる。

辻堂　うちの店には二度と来ないでくれ。
吹原　頼む。行かせてくれ。
辻堂　聞こえないのか？　うちの店には二度と——
圭　もうやめて！
辻堂　何だよ、圭ちゃん。
圭　ねえ、吹原さん、どうしちゃったの？　あなたはこんなことする人じゃなかったじゃない。
吹原　頼む。
圭　来美子さんのことが本当に好きなら、今日は帰って。明日は店がお休みだから、来美子さんも暇だと思うし。
吹原　明日じゃ駄目なんだ！
圭　吹原さん？
吹原　今、行かなければ、意味がないんだ。明日は永遠にやってこないんだ。

吹原が立ち上がる。が、よろめく。

中林　吹原！
吹原　まだだ。俺はまだ戻らないぞ。
圭　吹原さん、誰に向かって、話してるの？
吹原　彼女に会うまでは戻らない。絶対に戻らない！
圭　吹原さん！

吹原が倒れる。圭と辻堂が去る。

11

海老名　吹原さん？

中林　クソー！　今度という今度は頭ん来た。吹原は一キロも走ったってですよ。歩くんがやっとって体なのに。

海老名　やっぱり、人間は神に勝てないのかもしれないわね。

中林　神？

海老名　ギリシャ神話にはいろんな神が出てくるんだけど、その中に時間を司る神っていうのがいるのよ。その神は、鉄でできた大きな鎌を持っていて、その鎌で人間の命を刈り取るの。

中林　つまり、人間の寿命は、そん神が決めとるってこつですか？

海老名　そう。名前はクロノス。

中林　吹原ば未来へ弾き飛ばしとっとは、クロノスなんですね？

海老名　それだけじゃないかもしれない。シック・ブーケから一キロも離れた場所に行かせたり、途中で辻堂さんに会わせたり。それもみんな、クロノスの仕業なのかもしれない。

中林　吹原ん邪魔ばすったために？

海老名　来美子さんを助けられなくするためよ。人間の寿命を決めるのは俺だ。おまえじゃないって。
中林　勝負は最初から着いとったってわけたい。
吹原　(体を起こして) 僕はまだ諦めてませんよ。
中林　吹原、ぬしゃ、まだ行くつもりや?
吹原　時間はまだ残ってる。
中林　ばってん、そぎゃん体じゃ無理て。見ろて。立つことんできんじゃなかか。
吹原　ちょっと疲れただけです。手も足もちゃんと動く。周りの景色もちゃんと見える。
海老名　そこはどこだったんですか?
吹原　横須賀の倉庫です。でも、頼人もさちえもいなかった。藤川も足柄さんもいなかった。当然ですよね。あれから、もう何年も経ってるんだから。
海老名　クロノス・ジョウンターは?
吹原　同じ場所にありました。今度は探し回る必要がない。今すぐ過去へ行ける。僕は必死で立ち上がり、クロノスに歩み寄りました。すると——

格子が開く。クロノス・ジョウンターから、野方が下りてくる。新聞を持っている。

吹原　野方さん……。
野方　久しぶりだな、吹原。今が何年か、わかるか。
吹原　いいえ。

野方　（吹原に新聞を差し出す）
吹原　（受け取って）二〇一三年？
中林　今度は七年も弾き飛ばされたとか。
吹原　（野方に）僕が戻ってくるのを待ってたんですか？
野方　そうだ。
吹原　どうしてわかったんですか？　僕が戻ってくるのが今日だって。
野方　クロノスが完成して、今年で七年になる。その間に何回テストをしたと思う。ここに移ってからだって、ざっと二百回はやった。それだけデータが揃えば、大体の数字は割り出せるようになる。
吹原　僕をどうするつもりです。警察に突き出すんですか。
野方　そんなことをしたら、俺のしていることが明るみに出る。
吹原　だったら、僕にもう一度行かせてください。もう一度行けば、彼女を助けることができる。
野方　駄目だ。
吹原　駄目と言われても、行きますよ。
野方　吹原、よく聞け。おまえは一回目のシュートで、半年先に弾き飛ばされた。二回目は二年。三回目は七年。時間流の反発力は、回数を重ねるごとに、等比級数的に増大するんだ。
吹原　次に弾き飛ばされるのは何年です。
野方　五十六年だ。
中林　五十六年？

野方　おまえは二〇六二年に弾き飛ばされる。そんな先の時代で、どうやって生きていく。ご両親はとっくの昔に亡くなってるだろう。妹さんだって、八十過ぎのばあさんだ。いや、それだけじゃない。せっかく助けた彼女だって――

吹原　でも、彼女は寿命を全うするでしょう。誰かと結婚して、幸せな人生を送るでしょう。

野方　なぜだ。赤の他人のために、なぜそこまでしなくちゃならない。

吹原　僕は彼女が好きなんです。

野方　しかし、ただの同級生に過ぎないんだろう。

吹原　他の人から見れば、そうかもしれない。でも、高校の時、僕は彼女に救われた。彼女のおかげで、生きる力を手に入れた。僕はただ、あの時の恩返しがしたいだけなんです。

野方　それで、おまえに何の得がある。

吹原　ありますよ。僕は彼女に、自分の気持ちを言ってない。中二の時から、ずっと好きだったって。それが言えれば、僕は十分満足なんです。

野方　（笑う）

吹原　何がおかしいんです。

野方　思い出したんだよ、二人のことを。

吹原　二人？

野方　おまえが三度目に過去へ行った後の話だ。俺は二人の人間を過去に飛ばした。俺が飛ばしたくて、飛ばしたんじゃない。向こうの方から、過去へ行せてくれと言ってきたんだ。理由はなんと、好きな人に会うためだ。

吹原　野方さんはどうしてその人たちを行かせてあげたんです。
野方　何度も断ったんだ。でも、結局は押し切られて。強いて言うなら、目だ。あの二人の目。狂気なんか、これっぽっちもない。むしろ、やけに淋しげで。今のおまえと同じ目だ。
吹原　それは独りぼっちだからですよ。会いたい人に会えなくて。
野方　俺には全く理解できない。いくら好きとは言え、赤の他人のために、人生を捨てるなんて。
吹原　そうですか？　野方さんだって、本当はわかるんじゃないですか？
野方　そんなことはない。
吹原　（野方の胸ポケットを指して）そのシャープペン、最初のテストで飛ばしたやつですよね？　野方さんはその年になるまで、そのペンの持ち主だった人を忘れてないんでしょう？
野方　もういい。勝手にしろ。
吹原　ありがとうございます。（と歩き出す）
野方　吹原、これを持っていけ。（と腕時計のような機械を差し出す）
吹原　それは？
野方　パーソナル・ボグ。これを手首に巻いていけば、過去に止まることができる。と言っても、三日か四日が限界だろうがな。
吹原　気持ちだけもらっておきます。
野方　吹原。
吹原　僕に残された時間は、少ししかない。事故が起きるまで、あと二十分か、十五分か。それ

野方　以上、向こうにいても、意味がないんです。
吹原　わかった。おまえの好きなようにしろ。
　　　はい。

吹原がクロノス・ジョウンターに乗る。

吹原　（操作盤のキーを叩きながら）目標地点は駅前の交差点。目標時刻は二〇〇六年十一月二十七日午前十時。十時一分。十時二分。
野方　吹原、おまえは大馬鹿野郎だ。
吹原　はい。（とキーを叩く）

吹原がセルに入る。クロノス・ジョウンターが眩しく光り、轟音を発し、煙を吹き出す。野方が去る。吹原がセルから出てきて、倒れる。格子が閉じる。来美子が走ってきて、吹原の体を揺り動かす。

来美子　吹原君！　吹原君！
吹原　（海老名に）目が覚めると、来美子さんの顔が見えました。
海老名　どういうこと？　シック・ブーケの中に着いたんですか？
吹原　いいえ、店の前の歩道に倒れていたんです。
来美子　吹原君、私の顔が見える？

吹原　良かった。やっと会えた。
来美子　こんな所で横になってないで、お店の中に入って。
吹原　そんな暇はないんだ。すぐにここから離れないと。（と立ち上がろうとして、ウッと呻く）
来美子　どうしたの？　怪我でもしてるの？
吹原　大したことない。ちょっと疲れてるだけで。
来美子　でも、汗ビッショリよ。体のどこかが痛いんじゃないの？
吹原　悪いけど、手を貸してくれる？
来美子　わかった。

来美子が吹原の腕をつかみ、立たせる。

来美子　さあ、中に入って、休んで。
吹原　駄目だ。僕は君を連れていく。ここからできるだけ離れた場所へ。
来美子　もうすぐ、ここで事故が起きるから？
吹原　そうだよ。僕の話、まだ信じてないの？
来美子　そういうわけじゃないけど。
吹原　ほら、これを見て。（カエルのブローチを差し出して）カエルのブローチ。半分、溶けてるだろう？　事故の後、店の前で圭さんにもらったんだ。
来美子　（胸のブローチを触って）これと同じものなのね？

吹原　あと十三分で、そのブローチはこうなるんだ。
来美子　わかった。私、信じる。
吹原　蕗さん……。
来美子　さっき、私に新聞記事を見せてくれたでしょう？　吹原君が消えた時、あの記事も一緒に消えたの。あなたはやっぱり、未来から来たのね？
吹原　そうだよ。君を助けるために。
来美子　ありがとう。
吹原　礼なんか言ってる場合じゃない。早く遠くへ逃げないと。（と歩き出す）
来美子　待って。その前に聞かせて。
吹原　何を？
来美子　どうして私を助けに来てくれたの？　ここに来るのはとても大変なことなんでしょう？　あなたの姿を見ればわかる。そんなに辛い思いまでして、どうして。
吹原　その話は後で。
来美子　お願い。今、聞かせて。
吹原　それは……。
中林　吹原、時間がなかとだけん、早う言え。
吹原　（来美子に）僕は君が……。
海老名　吹原さん、あなた、男でしょう？
来美子　（吹原に）ねえ、どうして？

吹原　そんなの決まってるじゃないか。君に死んでほしくないから。僕にとって、とても大切な人だから。つまり――

吹原がよろめく。

来美子　吹原君？
中林　なんでや。まだ二、三分しか経っとらんどが。
海老名　まさか、来美子さんに起こされるまで……。
中林　ずっと気ば失っとったつか？
吹原　蕗さん、一人で逃げて。
来美子　いやよ。そんなこと、できない。
吹原　時間がないんだ。頼む。
来美子　あなたを置いて、逃げるわけには行かない。
吹原　蕗さん！
来美子　私、待ってる。吹原君がもう一度来てくれるまで、ずっと。

吹原が倒れる。来美子が去る。

12

中林　吹原。
吹原　（ゆっくりと体を起こす）
海老名　焼酎、もう一杯いかがですか？（と焼酎の瓶を示す）
中林　いただきます。
海老名　あなたじゃなくて、吹原さんに言ったの。
中林　やっぱり。

雷が鳴る。吹原がソファーに座る。海老名がグラスに焼酎を注ぎ、吹原に差し出す。吹原が受け取る。

海老名　それで、あなたはこの時代に弾き飛ばされたんですね。二〇六二年に。
吹原　野方さんが言った通り、事故から五十六年経っていた。野方さんが生きていれば、九十二歳。残念ながら、十五年ほど前に亡くなったそうですが。
中林　会いに行ったつか？
吹原　この時代に着いた時、僕は芝生の上で寝ていた。倉庫があった場所は、公園になってたん

中林　です。当然、クロノスは消えていた。だから、まずは野方さんに聞こうと思って。
海老名　そっから半年も探し回っとったってわけたい。
吹原　（吹原に）あなた、ＩＤカードを持ってないでしょう？　よく今まで生きてこられましたね。
吹原　人に言えないようなこともやりました。
中林　泥棒か？
吹原　まあ、それに近いようなことまで。
海老名　実家には帰らなかったんですか？
吹原　実は、僕の実家はすぐ近くなんですよ。でも、父も母もとっくの昔に亡くなってるだろうし、さちえだって八十過ぎのばあさんだ。行っても、迷惑をかけるだけです。
中林　そぎゃんかな。俺は喜ぶて思うばってん。
吹原　来美子さんが待ってますから。
海老名　でも、残り時間はほとんどないんでしょう？
吹原　おそらく五分かそこらでしょう。
中林　たった五分で何がでくっとや。今まで四回も失敗したとに。
吹原　もう話なんかしない。彼女の手を引っ張って、走れるだけ走るつもりです。
海老名　たとえ来美子さんを助けたとしても、また未来に弾き飛ばされる。今度は五十六年よりもっと長いんですよ。
吹原　何年先かはもうわかってます。何しろ僕には、四回分のデータがありますからね。

中林　で、五回目に弾き飛ばさるっとは？
吹原　四〇三一年後。西暦六〇三七年です。
中林　六〇三七年？　そぎゃん先ん時代、想像もできんぞ。いや、下手ばしたら、人類なんか絶滅しとるかんしれん。
海老名　（吹原に）それでも行くんですか？
吹原　行きます。ほんの少しでも可能性が残っている限り。

雷が鳴る。

海老名　わかりました。クロノス・ジョウンターの使用を許可しましょう。
吹原　本当ですか？
海老名　でも、その前に、私の話を聞いてください。あなたが勤めていたP・フレックは、四十年ほど前に倒産しました。その時、クロノスも廃棄されることになったんですが、そのことを人づてに聞いたある人が買い取りを申し出たんです。そして、この博物館を作り、中に収めた。私がまだ子供の頃の話です。その人は私に言いました。「何年かしたら、吹原和彦という人がやってくる。その人のために、クロノス・ジョウンターは取っておかなくてはならない」って。
吹原　それは誰です。
海老名　私の父と母です。

吹原　あなたの？

海老名　私の父は蕗頼人。母はさちえ。

吹原　君はあの二人の娘なのか。まさか、あの二人が結婚するなんて。

海老名　あなたが三回目の旅に出てまもなく、父はボクサーを引退しました。そして、母と結婚して、吹原酒造を継いだんです。

中林　それじゃ、二人は焼酎で稼いだお金で、この博物館を？

吹原　（海老名に）ちょ待ってくださいて。こん博物館ば建てたつは、機敷埜風天て人んはずですばってん。

海老名　それは、父のもう一つの名前です。機敷埜の「き」と風天の「ふ」。この二文字を逆さにすると？

中林　「ふき」。そぎゃんやったつか！

海老名　（吹原に）私は子供の頃からあなたの話を聞かされて育ちました。でも、正直言うと、信じてなかった。だって、あまりにもバカバカしくて。

中林　普通、そぎゃんですよ。

海老名　私は父が嫌いでした。だから、東京の大学へ行って、東京の会社に就職して、同僚の男性と結婚したんです。

中林　亡くなったとですよね、旦那さんは。

海老名　ええ。胃ガンであっけなく。一人ぼっちになった私に、父が言ったんです。「一緒に吹原さんを待とう」って。

吹原　頼人はまだ生きてるのか？
海老名　いいえ。残念ながら、四年ほど前に。
吹原　そうか。
海老名　でも、母は生きてます。心臓を悪くして、今は病院にいますが。
吹原　さちえは今、いくつだっけ？
海老名　八十一です。体は弱っても、口の悪さは若い頃のままですよ。夜が明けたら、一緒に行きませんか。母に会いに。
吹原　いや、やめておこう。あいつの顔を見たら、僕はきっと立ち止まってしまう。
海老名　いいじゃないですか、ここまで頑張ってきたんだから。一日や二日、立ち止まっても。
吹原　駄目だ。彼女をこれ以上、待たせるわけには行かない。（とカエルのブローチを差し出して）これをさちえに渡してくれないか。僕がここに来たって証拠だ。
海老名　（受け取って）わかりました。必ず渡します。
吹原　じゃ、行くよ。（と歩き出す）
海老名　吹原さん。
吹原　（立ち止まって）え？
海老名　今度こそ、ちゃんと言ってくださいね、来美子さんに。
吹原　わかってるよ。そのために行くんだ。

格子が開く。吹原がクロノス・ジョウンターに乗る。

吹原　（操作盤のキーを叩きながら）目標地点は駅前の交差点。目標時刻は二〇〇六年十一月二十七日午前十時十分。
中林　吹原、頑張れよ！
海老名　（吹原に）さよなら。さよなら！

吹原がキーを叩き、セルに入る。クロノス・ジョウンターが眩しく光り、轟音を発し、煙を吹き出す。

中林　行っちゃいましたね。
海老名　中林君、見て。（と右手を差し出す）
中林　え？
海老名　カエルのブローチが、元の形に！

遠くに、吹原と来美子が手をつないで走ってくる。二人が立ち止まり、振り返る。と、強い光。吹原が来美子を見つめる。来美子もまた、吹原を見つめる。

〈幕〉

さよならノーチラス号

GOOD BYE NAUTILUS

登場人物

タケシ　（作家／小学六年）
真弓　（編集者）
勇也　（自動車整備士）
サブリナ　（勇也の飼い犬）
芳樹　（勇也の兄・弁護士）
理沙　（芳樹の妻）
博　（タケシの兄・大学四年）
治男　（タケシの父・元建設会社社長）
佐知子　（タケシの母・看護婦）
康太郎　（高校三年）
恵利子　（高校三年）
美香　（高校三年）

1

波の音が聞こえる。やがて、一人の男が浮かび上がる。男は机の上に立って、双眼鏡で遠くを見つめている。男の名前はタケシ。

タケシ

自由とは何か。その答えを教えてくれたのは、子供の頃に読んだ本の主人公だった。彼の名前は、ネモ船長。今から一三〇年前、世界で初めて作られた潜水艦、ノーチラス号の船長だ。彼の素性は何もわからない。どこの国で生まれて、どんな仕事をしていたのかも。ある日、彼は陸の生活を捨てて、海の中へと潜った。人間社会へは二度と戻らないと誓って。彼は言う。「独立があるのは海のなかだけです！　海のなかで、支配するものに出会ったことはありません！　海のなかで、わたしは自由なのです！」……だから、僕は決心したのだ。僕も潜水艦の船長になろう。海の中で、自由をつかもうと。

タケシが机を降りる。そこは、潜水艦の艦内。乗組員たちが忙しく動き回っている。その様子を、タケシがキョロキョロ見回す。と、タケシの背後から、ネモ船長がやってくる。

ネモ船長　本艦の現在位置は。
乗組員1　北緯三一度一五分、東経一三六度四二分。日本列島の南方、二〇〇海里の地点です。
ネモ船長　日本へ来るのは久しぶりだな。今頃はちょうど夏休みか。
乗組員2　子供の頃を思い出しますね。宿題、ラジオ体操、プール、昆虫採集。
ネモ船長　昆虫採集なら、私も大好きだった。こんなに大きな麦わら帽子をかぶって、ミンミンゼミやオニヤンマを追いかけたものだ。
乗組員3　私は昆虫より、食い物を追いかけました。スイカ、かき氷、とうもろこし、流しそうめん。思い出しただけで、よだれが出てきます。
乗組員4　俺もだ。食いたいな、流しそうめん。
乗組員1　船長、本艦の針路は。
ネモ船長　一―八―〇に転舵。本艦はこれより、赤道へと向かう。
乗組員4　赤道へ？
ネモ船長　ノーチラス号に乗り込んで、海の中へと潜った日、我々は陸の生活を捨てた。今の我々には、夏休みも冬休みも関係ない。が、たまには休息も必要だ。赤道に到達次第、全員甲板に集合。今夜はサザンクロスを肴にして、ワインで乾杯だ。急速潜行、ダウントリム一杯、深度一〇〇！
乗組員1　急速潜行、ダウントリム一杯、深度一〇〇！

潜水艦が動き始める。急速潜行して、海底へ。ネモ船長と乗組員たちは黙々と動き回っている。そして、タケシも。やがて、ネモ船長と乗組員たちは去り、タケシ一人が残る。そこは、アパートの一室。家具はほとんどない。木製の机と椅子が一組。その横にダンボール箱が幾つか。本を積み上げてできた山も幾つか。タケシが椅子の上に置いてあった本を取り上げる。

タケシ　潜水艦の船長になるためには、一つ、海の知識が豊富であること。一つ、忍耐力と決断力と統率力が旺盛であること。そして、最後の一つは、何日も何日も狭い所でジッとしていられること。僕に欠けていたのは、最後の一つだった。子供の頃、僕はかくれんぼの名人だった。ある時、ゴミ捨て場に置いてあった冷蔵庫の中に隠れたら、外へ出られなくなった。一時間後に父親に助け出された時、僕のパンツはちょっぴり濡れていた。それ以来、僕は閉所恐怖症になったのだ。潜水艦の船長になりたい。が、狭い所はイヤだ。そんな僕が選んだ仕事は……。

タケシが椅子に座る。本を開いて、読み始める。そこへ、真弓がやってくる。バッグとバスケットと水筒を持っている。

真弓　何、ブツブツ言ってるの？
タケシ　森さん。どうしたんですか、いきなり。
真弓　ドアが開けっ放しだったから、勝手に入ってきちゃった。その顔は、「うるさいのが来やがった」って顔ね？

タケシ　違いますよ。僕はトラックが来たんじゃないかって。
真弓　何時に来る予定？
タケシ　三時です。（と時計を見て）あれ、もう十五分も過ぎてる。
真弓　場所がわからなくて、その辺をウロウロしてるんじゃない？　私も危うく迷子になるところだった。
タケシ　電話してくれれば、駅まで迎えに行ったのに。でも、どうして森さんが僕の家へ？
真弓　何、読んでたの？
タケシ　これですか？　ジュール・ヴェルヌの『海底二万里』。僕が小学六年の時、伯母に買ってもらったんです。
真弓　おもしろいの？
タケシ　読み始めたら、止まらなくなっちゃって。今、ネモ船長が登場した所です。
真弓　（タケシの手から本を取り上げる）
タケシ　何するんですか。
真弓　そろそろトラックが来るっていうのに、読書なんかしてていいの？
タケシ　大丈夫ですよ。あとちょっとで終わりますから。
真弓　何が「あとちょっと」だ。玄関もキッチンも、全然手を付けてないくせに。まず本棚から始めようと思って、そのまま読書タイムに入っちゃったんでしょう？
タケシ　よくわかりますね。
真弓　そんなことじゃないかと思ったから、手伝いに来てあげたのよ。全く、君って男は、一人

タケシ　じゃ何もできないんだから。
真弓　子供扱いしないでください。引っ越しぐらい、一人でできますよ。
タケシ　お昼ごはんは食べた？
真弓　いいえ。本を読むのに夢中になっちゃって。
タケシ　全く、君って男は。（とバスケットと水筒を示して）これ、私が作ったサンドイッチとアイスティー。
真弓　森さん、料理なんかできるんですか？　人は見かけに寄らないな。（とバスケットに手を伸ばす）
タケシ　（タケシの手を叩いて）誰が食べていいって言った？　食事は、荷作りが全部終わってから。
真弓　なるほどね。エサをちらつかせて、働かそうって魂胆ですか。
タケシ　そのかわりって言うのは何だけど、これ。（とバッグから大型の封筒を出す）
真弓　何ですか？
タケシ　新聞や雑誌に載った書評。二作目でこんなに取り上げられたってことは、かなり注目されてるってことよ。
真弓　でも、ほめてるのばっかりじゃないでしょう。
タケシ　そんなことないって。（と封筒から紙片を出して）「ミステリーの世界で、今最も注目されている新人作家。その二作目は、前作をはるかに凌ぐおもしろさ」。
真弓　それ、僕も読みました。問題はその次なんですよね。

真弓　「ただし、文章は相変わらず中学生並み」。じゃ、こっちは？（と封筒から紙片を出して）「アイディアとストーリーテリングは一級品」。

タケシ　「表現力は三級品」。

真弓　評論家っていうのは、けなすのが商売だから。三作目でギャフンと言わせてやればいいのよ。ところで、三作目の構想は？

タケシ　いろいろ考えてるんですが、今のところは何も。

真弓　何も？　ねえ、星野君。君がこれから作家としてやっていけるかどうかは、三作目にかかってるのよ。わかってる？

タケシ　わかってるから、会社を辞めて、書くことに専念したんじゃないですか。

真弓　おまけに、都心にマンションまで買っちゃってね。その決断は立派だったと思う。でも、もし三作目が失敗したら、またこのアパートに戻ってくることになるのよ。

タケシ　そうならないように頑張ります。

真弓　だったら、一刻も早く構想を立ててよ。構想がなくちゃ、私だってアドバイスのしようがないんだから。あー、いっそのこと、私が書いちゃおうかな。

タケシ　どうぞどうぞ。

真弓　何が「どうぞどうぞ」だ。君と話してると、本当にイライラしてくる。おしゃべりはこれぐらいにして、荷作りを再開しない？

タケシ　じゃ、このダンボールをガムテープで閉じてもらえますか？（と周囲を見回して）あれ？　ガムテープがない。

真弓　全く、君って男は。
タケシ　キッチンに置きっ放しだ。取ってきます。

タケシが本を机の上に置いて、走り去る。真弓が本を取り上げ、机の横のダンボールの蓋を開ける。中を見て、驚く。本を机の上に置いて、中に入っていた物を取り出す。それは、ブリキでできた潜水艦。そこへ、タケシが戻ってくる。

タケシ　あ、触らないで！
真弓　これ、何？　潜水艦？　鉄でできてるの？
タケシ　鉄じゃなくて、ブリキです。
真弓　ブリキか。だから、あんまり重くないんだ。これ、どうしたの？　買ったの？
タケシ　僕が作ったんですよ。小学六年の時に。
真弓　小六？　てことは、十八年も前？
タケシ　夏休みの宿題で、工作を作らされるでしょう？　それで、仕方なく。
真弓　でも、十八年も前の物をどうして今でも？
タケシ　その話を始めると長くなるんです。さっさとダンボールに戻してください。
真弓　何よ、急に不機嫌になっちゃって。もしかして、古傷？
タケシ　何ですか、古傷って。
真弓　初恋の人にプレゼントしたら、「こんな変な物、いらない」って突っ返されたとか。卒業する時、担任の先生に「僕だと思って大事にしてください」って言ったら、「君のことは一日も早く忘れたいわ」って言われたとか。

タケシ　そうじゃなくて、本当に長い話なんです。どんなに早口でしゃべっても、最低二時間はかかる。

真弓　いいよ、二時間ぐらい。

タケシ　でも、もうすぐトラックが来るんですよ。急いで荷作りをしないと。

真弓　荷作りしながら、話せばいいじゃない。だから、ね？

タケシ　どうしてそんなにこだわるんです。別に大した話じゃないのに。

真弓　わからないかな。その話が、三作目のネタになるかもしれないじゃない。

タケシ　私小説のネタにはなっても、ミステリーのネタにはなりませんよ。人が一人も死なないんだから。

真弓　そういうことは、後から考えればいいの。とにかく、私はピーンと来たのよ。この、ブリキの潜水艦に。私の勘て、結構当たるのよ。星野君と初めて会った時だって、こいつはモノになるってピーンと来たんだから。

タケシ　そこまで言うなら、話しますよ。でも、一つだけ約束してください。僕がどんなにおかしなことを言っても、絶対に笑わないって。

真弓　もし笑ったら？

タケシ　僕の歌を聞かせます。自慢じゃないけど、一曲我慢できたヤツはいません。

真弓　わかった。約束する。

真弓が椅子に坐る。タケシがダンボールの中から、野球帽とリュックサックを取り出す。

タケシ　十八年前の七月、僕は十二歳になったばかりでした。

真弓　私は三歳になったばかりね。

タケシ　三歳じゃなくて、十三歳でしょう？　一学期の最後の日、終業式が終わって、通信簿をもらうと、僕は走って家へ帰りました。そして、用意しておいたリュックサックを背負って、すぐに家を飛び出しました。どこへ行ったと思います？

真弓　リュックサックってことは、山登り？

タケシ　違います。その頃、僕は埼玉県の所沢市にある、伯母の家に住んでいました。半年前に、父の経営していた建設会社が倒産して、僕の家族は夜逃げをしたんです。ただし、僕だけは近所に住んでいた伯母の家に預けられました。僕が一緒に行くと、逃亡先がバレちゃうんで。

真弓　知ってる知ってる。転校する時、住民票を移さなくちゃいけないからでしょう？

タケシ　そうです。借金取りは、あらゆる手を使って、見つけ出そうとしますから。伯母の家にも何度も来ました。学校からの帰り道、いきなり車が横で停まって、中から顔を出したおじさんに、「おまえの親父はどこにいる」って聞かれたこともあります。でも、僕は何も答えなかった。だって、僕は本当に知らなかったんです。母からは毎日のように電話があったけど、「ごはんはちゃんと食べてる？」とか聞かれるだけで、住所は教えてもらえなかった。

真弓　それじゃ、ご両親は一度も会いに来なかったの？

タケシ　だから、その日が半年ぶりの再会だったんです。僕は所沢から西武線に乗って、池袋へ行きました。山手線の内回りのホーム。そこが、父との待ち合わせ場所でした。

タケシが野球帽とリュックサックを身につける。

2

治男がやってくる。

治男　タケシ。
タケシ　うん。
治男　荷物はそれだけか。
タケシ　うん。
治男　よし、俺が持ってやろう。
タケシ　いいよ。
治男　いいから、貸してみろ。（とリュックサックを取って）軽いなあ。おまえ、服はこれしか持ってないのか？
タケシ　うん。
治男　じゃ、途中で買っていこう。心配するな。おまえの服を買うぐらいの金はあるんだ。さあ、行くぞ。

治男が去る。

タケシ 僕らは山手線で新宿まで行くと、京王デパートに入りました。
真弓 お父さん、お仕事は？
タケシ 何もしてませんでした。会社を潰したショックが大きかったのか、気力がなくなっちゃったみたいで。家でテレビを見るか、パチンコに行くか。
真弓 わかった。パチンコでお金を稼いでたのね？
タケシ 父はTシャツを買ってくれました。ワゴンで売っていた、一枚五百円のTシャツを三枚。
真弓 一回洗ったら、サイズが変わるヤツね？
タケシ でも、僕はうれしかった。父に服を買ってもらったのは、この時が初めてだったんです。買い物を終えると、僕らは京王線に乗りました。

治男が買い物袋を下げてやってくる。

治男 おまえ、チョコが好きだったよな？　ほら。（とチョコを差し出す）
タケシ （受け取って）ありがとう。
治男 どうした。食わないのか？
タケシ 後で食べる。
治男 昼飯、まだ食ってないんだろう？　腹が減ってるだろう。

タケシ　人が見てるから、恥ずかしいよ。
治男　そうか。そうだな。じゃ、家に着いたら食え。その方がいい。
真弓　そのチョコもパチンコ？
タケシ　だと思います。ずっとポケットに入れてたせいか、少し柔らかくなってました。
真弓　すぐに渡せばよかったのに。
タケシ　僕らは府中で電車を降りました。駅前でバスに乗って十五分。バス停から歩いて十分。多摩川のすぐ近くまで来たところで、大きな自動車整備工場が見えました。

タケシと治男が後ろを振り返る。

治男　さあ、着いたぞ。ここが、俺たちの新しい家だ。
タケシ　前の家より大きい。
治男　そうだろう。でも、これ全部が俺たちの家ってわけじゃないんだ。一階には大家さんの息子が住んでて、自動車整備工場をやってる。俺たちは二階を借りてるんだ。
タケシ　二階だけ？
治男　ああ。待ってろ。今、佐知子と博を呼んでくるからな。四人で寿司でも食いに行こう。大丈夫大丈夫。金なら、あるから。

治男が去る。

真弓　お父さん、そんなにパチンコが強いの？
タケシ　いや、自分の小遣いを稼ぐ程度です。家の家計は、母の給料で賄ってました。
真弓　お母さんのお仕事は？
タケシ　看護婦です。父は若い時、建設現場で大怪我をして、半年近く入院したんですよ。その時の担当が母だったんです。
真弓　ロマンチックじゃない。
タケシ　結婚して、看護婦は辞めたんですが、二十三年ぶりに復帰したんです。

そこへ、サブリナがやってくる。タケシに気づき、立ち止まる。

タケシ　やあ。

サブリナが去る。

真弓　何よ、今のは。
タケシ　僕も最初は驚きました。でも、別に悪気はなかったみたいで。

サブリナが戻ってくる。後から、勇也がやってくる。

タケシ　こんにちわ。
勇也　坊主、ここで何をしてる。
タケシ　待ってるんです、父さんを。いいえ、父を。
勇也　おまえの親父がなぜ俺の家にいるんだ。
タケシ　それは……。
勇也　ここはガキの遊び場じゃない。怪我したくなかったら、とっとと出ていけ。
タケシ　でも、父がここで待ってろって。
勇也　おまえ、名前は。
タケシ　星野武です。僕の父と母と兄が、ここの二階に住んでるんです。
勇也　ふーん。今日は何しに来たんだ。
タケシ　僕は今日からここに住むんです。夏休みの間だけ。
勇也　そうか。小学校はもう夏休みなのか。
タケシ　今日からです。今日が終業式だったんです。
勇也　おまえ、何年生だ。
タケシ　六年です。
勇也　てことは十二歳か。こいつと同じだな。
サブリナ　（タケシに右手を差し出す）
タケシ　どうも。（サブリナと握手する）

勇也　こいつの名前はサブリナだ。おとなしいヤツだから、怖がらなくていい。じゃあな。
タケシ　あ、あの。
勇也　あ、そうそう。俺は根本勇也。根本自動車整備工場の社長だ。子供には危ない場所だから、ウロウロするんじゃないぞ。

勇也が去る。

真弓　何よ、サブリナって。もしかして、外人?
タケシ　いいえ、犬です。
真弓　犬?
タケシ　雌のゴールデン・レトリーバー。人間で言うと、七十歳ぐらいの老人でした。
サブリナ　(タケシに近寄り、ポケットの臭いを嗅ぐ)
真弓　ちょっと、噛みつかれるわよ。
タケシ　年寄りだから、噛んだり吠えたりすることはありませんでした。サブリナは僕のポケットの中身に興味があったんです。(とポケットからチョコを取り出して) これかい?
サブリナ　(チョコを受け取る)
真弓　嘘。犬がチョコなんか食べる?
タケシ　サブリナは大好きでしたよ。一日一枚は食べてました。
真弓　嘘嘘。

サブリナが去る。

タケシ　サブリナは生まれた時から、ずっとここで暮らしてたんです。船長が小学生の時、近所の人から犬をもらった。それが、サブリナのお母さんのそのまたお母さんだったんです。

真弓　船長って？

タケシ　あ、今の根本勇也さんです。僕が勝手にあだ名をつけたんです。『海底二万里』に出てくる、ネモ船長にそっくりだったんで。

そこへ、治男と博がやってくる。

治男　佐知子はまだ帰ってなかった。今日は半休を取るって言ってたんだが。

博　タケシ、久しぶりだな。

タケシ　うん。

真弓　この人は？

タケシ　兄です。僕には兄が二人いまして、十歳上が博、八歳上が聡。

真弓　この人はどっち？

タケシ　十歳上の博です。この頃は、早稲田大学の四年生で、演劇サークルに入っていました。劇作家志望で、卒業した後も、演劇を続けるつもりだったようです。それなのに、夜逃げしたせいで。

博　今日は終業式だったな。ということは、通信簿をもらったわけだな?

タケシ　うん。リュックの中に入ってる。

博　知ってる。今、出してきた。(と通信簿を取り出す)

タケシ　あっ!(と通信簿に手を伸ばす)

博　(タケシの手を避けて、通信簿を開き)四三三三三三三。

タケシ　あー。

博　四は国語だけか。俺の通信簿は、体育だけが四だった。他は全部五だ。

真弓　イヤミな男ね。

タケシ　でも、兄が優秀だったのは事実です。僕には何も言い返すことができませんでした。

博　しかし、問題は図画工作の二だ。どうやったら、こんな成績が取れるんだ。

タケシ　版画が失敗しちゃって。

治男　タケシは佐知子に似て、おっちょこちょいだからな。

博　反省してるんだろうな?

タケシ　うん。

博　うん?

タケシ　反省してます。二度とこんな成績は取りません。

博　当たり前だ。三だって恥ずかしいのに、二なんか問題外だ。

真弓　私、こいつ、嫌い。

タケシ　実を言うと、僕も嫌いでした。いつもガミガミ怒っていて、ひどい時は殴ったり。でも、それには理由があったんです。

そこへ、佐知子がやってくる。

佐知子　ただいま。
タケシ　母さんです。
佐知子　タケシ、今、着いたの？
治男　みんなで寿司でも食いに行こうと思ってな。それで、おまえを待ってたんだ。
佐知子　タケシはお寿司より、ハンバーグの方がいいんじゃない？
タケシ　何でもいいよ。
博　何でもいいとは何だ。自分の食べたい物ぐらい、自分で決められないのか？
タケシ　本当はお寿司もハンバーグも食べたくなかった。母さんの作った料理が食べたかったんです。
治男　どうする、タケシ？　おまえが食べたい物でいいんだぞ。
タケシ　ハンバーグが食べたい。
博　やっぱりハンバーグか。それならそうと先に言えばいいんだ。
治男　駅前にスカイラークがあったな。（佐知子に）スカイラークなら、五千円もあれば、何とかなるだろう。

佐知子　任しといて。タケシ、行こうか。（とタケシに右手を差し出す）

タケシ　うん。（佐知子の手を握る）

タケシと佐知子が歩き出す。博と治男も歩き出す。と、四人が立ち止まる。

タケシ　これが僕の家族です。半年ぶりに、やっとみんなが集まったんです。

博・治男・佐知子が去る。

3

真弓が椅子から立ち上がる。

真弓　ちょっとちょっと、もう一人のお兄さんはどうしたの？

タケシ　この頃は、筑波大学の二年生で、大学の近くに下宿してたんです。学費と生活費を稼ぐために、夏休みもアルバイトをしてました。だから、この話には登場しません。

真弓　オーケイ。で、いよいよ隠れ家での生活が始まったのね？

タケシ　そうです。と言っても、最初の十日間は、ひたすら宿題をやってました。

真弓　夏休みの宿題か。それで、この潜水艦を作り始めたわけだ。

タケシ　いや、僕は図画工作が苦手でしたから、一番最後に回しました。まずは、学習帳からです。

タケシが椅子に座る。ダンボールの中から、学習帳と筆記用具を取り出す。博がやってくる。

博　一日十ページやれば、十日で終わる。そうすれば、残りの一カ月は、好きに遊べるぞ。

タケシ　一日に十ページ？

博　一ページ三十分として、五時間。午前八時に始めれば、午後一時に終わる。後は感想文のための読書だ。
タケシ　一日に五時間も勉強するの？　夏休みなのに？
博　俺は高校三年の夏休み、一日十二時間勉強した。だから、現役で早稲田に入れたんだ。
タケシ　でも。
博　でも？
タケシ　わかりました。頑張ります。
博　俺は隣の部屋にいるから。質問があったら、いつでも来い。

博が去る。

真弓　弟には勉強しろって言っておいて、自分は隣の部屋で昼寝？
タケシ　いいえ、勉強です。兄は劇作家を諦めて、教師になることにしたんです。八月の末に東京都の教員採用試験があるんで、そのための勉強です。
真弓　じゃ、また十二時間？
タケシ　いいえ、夕方からは塾教師のアルバイトです。自分の生活費と学費を稼ぐために。

そこへ、治男がやってくる。

治男　タケシ、勉強が終わったら、遊びに行かないか。
タケシ　どこへ？
治男　チョコやガムがいっぱいあるところだ。
タケシ　パチンコか。でも、何時に終わるか、わからないんだ。一日十ページやるって、兄さんと約束しちゃったから。
治男　そうか。（と学習帳を読む）「一個五〇円のリンゴと一個八〇円のリンゴを合わせて二〇個買って、一三六〇円払いました。五〇円のリンゴと八〇円のリンゴを、それぞれ何個買いましたか」
タケシ　わかる？
治男　リンゴのことは、果物屋に聞け。その方が早い。

治男が去る。

真弓　会社が潰れるわけだ。
タケシ　父は高卒で、勉強があまり得意じゃなかったんです。僕は父が書いた字を一度も見たことがありません。
真弓　まさか、書けなかったわけじゃないでしょう？
タケシ　もちろんです。でも、とても下手だったんです。年賀状も暑中見舞も、全部、母が書いていました。母も高卒ですけど、小学校からずっと一番だったんです。

そこへ、佐知子がやってくる。

佐知子　ただいま。タケシ、まだ勉強してるの？
タケシ　一応十ページできたんだけど、どうしても解けない問題があって。
佐知子　どれどれ？　ああ、これは全部五〇円のリンゴを買ったって考えるのよ。そうすると、合計の金額は？
タケシ　一〇〇〇円。
佐知子　実際に払ったお金より、三六〇円少ないよね？　じゃ、今度は一個だけ八〇円のリンゴを買ったとしたら？
タケシ　一〇三〇円。そうか、三六〇を三十で割ればいいんだ。
佐知子　できたじゃない。もう六時だけど、まだ明るいから、遊んでくれば？
タケシ　まだ二問あるんだ。
佐知子　そう。じゃ、母さん、荷物を置いてくるから、ちょっと待ってて。

佐知子が去る。

真弓　要するに、できない問題は、お母さんに手伝ってもらったのね？
タケシ　そうです。兄に聞くと、「こんな問題もわからないのか」って叩かれるから。

真弓　ひどい。

タケシ　僕は八年ぶりに生まれた末っ子だったんで、両親が甘かったんです。だから兄が叱り役を引き受けていたわけで。

真弓　単に、気が短かっただけじゃないの？

タケシ　とにかく、最初の十日間は勉強勉強の毎日でした。でも、何とか約束通りに終わらせることができて、兄には叩かれずに済みました。いよいよ本当の夏休みの始まりです。「よし、遊ぶぞ！」と家を飛び出したんですが、よく考えてみたら、行く所がない。近所に友達は一人もいないし、小遣いだって一銭もない。僕は工場の前に立って、途方に暮れていました。

そこへ、サブリナがやってくる。

タケシ　やあ。

サブリナ　（タケシのポケットに鼻を近づける）

タケシ　ごめん、今日はチョコ、ないんだ。

サブリナ　（ポケットからチョコを取り出す）

真弓　何よ、自分で持ってるんじゃない。でも、どうして犬が？

サブリナ　（チョコを割り、半分をタケシに差し出す）

タケシ　あ、ありがとう。

真弓　その犬、どこからチョコを持ってきたの？　まさか、自分で買ってきたの？
タケシ　まさか。船長にでももらったんじゃないですか？

そこへ、芳樹と理沙がやってくる。理沙は妊娠六カ月ぐらい。

芳樹　えーと、君は？
タケシ　星野武です。二階に住んでる、星野治男の息子です。
芳樹　そうか。勇也は今、いるかな。
タケシ　たぶん、奥に。
芳樹　そうか。（理沙に）ここで待っててくれ。
理沙　私も行く。久しぶりだし。
芳樹　いいんだ。仕事中に話しかけると、機嫌が悪くなるから。（サブリナに）相変わらず、元気そうだな。そろそろ寿命が来ても、おかしくないのに。
サブリナ　（プイと横を向く）
芳樹　（理沙に）こいつ、俺には愛想が悪いんだ。まあ、犬に嫌われても、困りはしないが。

芳樹が去る。

真弓　この二人は？

タケシ　この時点では、わかりませんでした。僕は、船長の友達だと思ったんですが。
理沙　タケシ君だよね？　今、何年生？
タケシ　六年です。（理沙のおなかを見る）
理沙　そう。夏休みの宿題は終わった？
タケシ　（視線をそらして）学習帳は終わりました。後は、感想文と工作だけです。
理沙　このおなか、気になる？
タケシ　いいえ。
理沙　六年生なら、赤ちゃんはどうやって生まれるか、もう知ってるよね？
タケシ　はい。
理沙　あと四カ月経ったら、ここから赤ちゃんが出てくるんだ。
タケシ　四カ月ってことは、十二月？
理沙　でも、もう耳は聞こえてるのよ。タケシ君の声もちゃんと聞いてるはずよ。
タケシ　初めまして。星野武です。
サブリナ　（笑う）
理沙　ありがとう。この子に挨拶してくれたの、タケシ君が初めてよ。
真弓　今、この犬、笑わなかった？
タケシ　別に珍しいことじゃないでしょう。人間以外の動物だって、楽しい時は笑うんですよ。
真弓　それはそうかもしれないけど、今のはちょっと変だった。まるで、「坊主、しっかりしろ」
って言ってるみたいだった。

そこへ、芳樹が戻ってくる。後を追って、勇也がやってくる。

芳樹　(理沙に) よし、帰ろう。

勇也　待てよ。俺は断るって言ったはずだ。(とキイを差し出す)

理沙　勇也さん、こんにちわ。

勇也　ああ。(芳樹に) いきなり車を持ってこられたって、こっちは困るんだ。代車だってないし。

芳樹　心配するな。タクシーで帰るから。

勇也　急ぎの仕事が他にもあるんだ。どうしてもやれって言うなら、二週間は待ってもらわないと。

芳樹　一週間だ。それ以上は待てない。

勇也　だから、断るって言ったんだ。修理屋だったら、他にもいっぱいあるだろう。

芳樹　俺はおまえにやってほしいんだ。おまえじゃないと、ダメなんだ。

勇也　なぜだ。

芳樹　それは、車を見ればわかる。

勇也　誰の車だ。

芳樹　俺のクライアントだ。それ以上は言えない。

勇也　弁護士が悪事の片棒を担ぐつもりか?

芳樹　そういう言い方はやめろ。俺はその人に昔から世話になってる。その恩返しがしたいだけだ。金ならいくらでも出す。正規の料金の二倍。それなら、いいだろう。
勇也　俺は金の話をしてるんじゃない。
芳樹　わかってるよ。しかし、ここの経営も楽じゃないんだろう？　資金繰りに困ってるなら、いつでも相談に乗ろうじゃないか。
理沙　あなた、やめて。
芳樹　おまえは横から口を出すな。
理沙　勇也さん、お願いします。あなたにはけっしてご迷惑をかけませんから。
芳樹　そんなヤツに頭を下げるな。これはあくまでも、ビジネスなんだ。
理沙　（勇也に）ビジネスだったら、いくらお金を出しても、引き受けてくれないでしょう？
勇也　ああ。
理沙　だから、お願いしてるの。この人を助けると思って、引き受けてくれない？
芳樹　やめろ、理沙。
理沙　（勇也に）ね？
勇也　わかった。一週間で何とかする。ただし、料金は三倍だ。
理沙　ありがとう。
勇也　（芳樹に）途中で警察が来たら、正直に話すからな。

勇也が去る。

理沙　ごめんなさい。余計なこと言っちゃって。
芳樹　いや、ちょうどいいタイミングだった。やっぱり、おまえを連れてきて、正解だったな。
理沙　どういうこと？
芳樹　ヤツは、おまえの言うことなら聞く。俺がいくら頼んでも、ウンと言うわけないんだ。しかし、三倍とはふっかけやがったな。この工場も、かなり危ないらしい。

芳樹と理沙が去る。

サブリナ　バカ。おまえなんかに、ご主人様の気持ちがわかってたまるか。
タケシ　え？
サブリナ　なあ、君もそう思うだろう？
タケシ　今、「君もそう思うだろう」って言った？
サブリナ　（ハッと気づいて、首を横に振る）
タケシ　言葉をしゃべった。犬が言葉をしゃべった。
サブリナ　バカバカしいこと言わないでください。犬がしゃべるわけないでしょう。
タケシ　でも、今。
サブリナ　気のせいですよ。バカバカしい。

サブリナが去る。

タケシ　そう言って、サブリナは奥に行ってしまいました。

真弓　嘘だあ。（と笑う）

タケシ　ほら、やっぱり笑った。

真弓　それじゃ、最初に笑うなって言ったのは。

タケシ　そうです、このことだったんです。その夜、僕は両親に訴えました。サブリナが言葉をしゃべったと。

4

治男と佐知子がやってくる。

治男　タケシ、犬はどこだ？
タケシ　もう寝てるのかもしれない。僕、犬小屋を見てくる。
佐知子　待ちなさい、タケシ。こんな時間に犬を連れ出したら、根本さんにご迷惑でしょう？
治男　いいじゃないか。すぐに済むことだ。
佐知子　でも、犬がしゃべるなんて。
治男　（タケシに）一分だけだぞ。一分待ってもしゃべらなかったら、俺は二階に戻るからな。
タケシ　一分あれば、十分だよ。

タケシが去る。

佐知子　全く、どうしちゃったのかしら。いきなり変なことを言い出して。
治男　あの様子だと、嘘をついてるわけじゃないみたいだな。

佐知子　じゃ、本気で犬がしゃべるって？
治男　たぶんな。
佐知子　そんな。
治男　大方、おかしな鳴き方でもしたんだろう。それが偶然、言葉のように聞こえたんだ。
佐知子　だったら、いいけど。
治男　タケシはこの半年間、ずっと辛い思いをしてきたんだ。ここにいる間ぐらい、好きなようにさせてやろうじゃないか。
佐知子　わかってますよ、それぐらい。

そこへ、勇也がやってくる。

佐知子　あら、こんばんわ。今、お帰りですか？
勇也　ええ。こんな所で、何をしてるんです？
佐知子　それがその。
治男　星です。星を見てたんです。
勇也　二人で？
治男　ええ。こいつが「東京で星なんか見えるわけない」って言うから、「バカなこと言うな」って。ほら、見ろ。あれが北斗七星だ。
勇也　北斗七星はあっちですよ。裏へ回らないと見えません。

治男　じゃ、あれは。
佐知子　あなた、あの星、動いてるわ。まさか、UFO？
勇也　飛行機でしょう。厚木基地へ向かう、自衛隊機じゃないかな。
治男　解説、ありがとうございます。私たちのことは気にしないで、どうぞお休みになってください。
勇也　なんか変だな。星野さん、あなた何か――
治男　お休みなさい。
勇也　俺がここにいると、何かまずいことでもあるんですか？
治男　まさか。私はただ、根本さんのお邪魔をしたくないだけで。

そこへ、タケシが戻ってくる。後から、サブリナがついてくる。

タケシ　連れてきたよ。
治男　バカ。もうちょっとだったのに。
勇也　坊主、うちの犬に、何か用か。
タケシ　うん、ちょっと……。
勇也　ちょっと、何だ。
佐知子　何でもないんです。タケシ、二階に行こう。
治男　（勇也に）つまりその、うちのタケシが犬を散歩に連れていきたいって言うんです。いつ

勇也　も工場の中にいて、運動不足みたいだから、かわいそうだって。
治男　散歩なら、毎週日曜に行ってます。昔は毎日行ってたけど、こいつはもう年寄りなんで。
勇也　そうですよね。聞いたか、タケシ。散歩は週に一度って決まってるんだそうだ。だから、今日は諦めた方がいいな。
タケシ　（タケシに）サブリナと遊びたかったら、いつでも遊べ。ただし、夜中に勝手に連れ出すのはダメだ。いいな？
治男　バカ。
勇也　僕は遊びたかったんじゃない。話がしたかったんだ。
治男　話って、サブリナとか？
タケシ　まさか。犬と話ができるわけないじゃないですか。行くぞ、タケシ。
治男　（勇也に）できるんだ。サブリナは僕に向かって、言葉をしゃべったんだ。
タケシ　何言ってるんだ、こいつは。（勇也に）すいません。子供の言うことですから、あんまり気にしないで。
治男　本当なんだ。僕に向かって、「君もそう思うだろう」って言ったんだ。
佐知子　黙れ、タケシ。
タケシ　タケシ、よく考えてみて。サブリナは犬なのよ。犬が言葉をしゃべるわけないでしょう？
佐知子　でも、しゃべったんだ。
タケシ　犬の口は人間の口とは違うの。人間みたいに、「あいうえお」なんて言えないのよ。
　でも、言ったんだ。嘘じゃないんだ。

勇也　だったら、それを証明してみろ。サブリナがしゃべるところを見せてもらおうじゃないか。
佐知子　根本さん。
勇也　サブリナ、来い。

サブリナが勇也の所にやってくる。タケシがサブリナに歩み寄る。

タケシ　サブリナ、君は本当はしゃべれるんだよね？　昼間、僕に「君もそう思うだろう」って言ったよね？　だったら、みんなにも聞かせてあげてよ。「こんにちわ」でも何でもいいから、言葉をしゃべってみせてよ。
サブリナ　……。
タケシ　どうして黙ってるんだよ。「こんにちわ」だけでいいんだよ。（とサブリナの肩をつかんで）しゃべれよ！　しゃべってくれよ！　サブリナ！
サブリナ　……。
タケシ　サブリナ！　サブリナ！
治男　もういいだろう、タケシ。
タケシ　（しゃがんで、泣き出す）
佐知子　タケシ。（とタケシに歩み寄る）
治男　（勇也に）すいませんでした。ご迷惑をかけて。
勇也　坊主。サブリナはこう見えても、気位が高いんだ。それなのに、おまえに怒鳴られても、

サブリナ　ジッと我慢してた。どうやら、おまえのことが気に入ったらしい。なあ、サブリナ。

勇也　……。(タケシに) 今度の日曜、こいつを散歩に連れてってくれ。きっとこいつも喜ぶだろう。(治男に) じゃ、俺はこれで。

勇也とサブリナが去る。

治男　何が「証明してみろ」だ。いい年した大人が、子供をけしかけやがって。

佐知子　でも、勝手に連れ出そうとしたのは、私たちなんだから。

治男　(タケシに) いつまで泣いてるんだ。二階に行くぞ。

佐知子　(タケシに) きっと何かの聞き間違いだったのよ。タケシの耳には言葉に聞こえたけど、本当は吠えただけだったのよ。

そこへ、博がやってくる。

博　どうしたの、こんな所で。

治男　何でもない。さあ、タケシ。

博　どうした、タケシ。なぜ泣いてる。

佐知子　この子が変なことを言い出したのよ。根本さんの所の犬が、言葉をしゃべったって。それ

博　で今、確かめてたんだけど、やっぱり何も言わなかったの。
治男　（タケシに）それで、泣き出したってわけか。
博　まあ、いいじゃないか。済んだことだ。
佐知子　（佐知子に）で、タケシは謝ったの？
博　謝るって？
治男　嘘をついて、すいませんでしたって。
博　いいじゃないか。タケシだって、悪かったと思ってるんだ。
治男　タケシ、立て。
博　おい、博。
治男　自分が悪かったと思ってるなら、素直に謝れ。早く。
博　やめろ、博。これ以上、タケシを責めるな。
　　悪いことをしたら、すぐにその場で叱った方がいいんだ。その方が、結局はタケシのためになるんだから。
治男　子供の躾けは親の役目だ。おまえがやる必要はない。
博　よくそんなことが言えるね。躾けなんて、一度もしたことないくせに。
治男　何だと？
佐知子　博、やめて。
博　いや、この際だから、言わせてもらうよ。父さんと母さんは、タケシが何をしても、絶対に叱らない。だから、タケシは平気で嘘をつくようになったんだ。

佐知子　そんなことない。タケシだって、いろいろ辛いのに我慢してるじゃない。文句一つ言わないで。

博　だからって、甘やかすのは反対だな。

治男　俺は甘やかしてなんかいない。

博　俺が子供の時は、しょっちゅう殴ったくせに、タケシを一度でも殴ったことがあるか？

治男　あるか、とは何だ。親に向かって。

博　親って言うのは、子供に飯を食わせて、育てるのが仕事だろう。今のあんたが親って言えるのか？

治男　（博の胸ぐらをつかむ）

博　（治男を突き飛ばして）俺は俺の金で飯を食ってる。もう、あんたに殴られる筋合いはない。

タケシが走り去る。

佐知子　タケシ！

博　どこへ行くんだ。タケシ！　タケシ！

博・治男・佐知子が走り去る。

5

真弓がバスケットから白布を取り出し、机の上に広げる。次に、カップを取り出し、水筒のアイスティーを注ぐ。最後に、クッキーを取り出し、一つ食べる。そこへ、タケシが戻ってくる。

タケシ　何、食べてるんですか？
真弓　クッキー。もちろん、私が自分で焼いたのよ。星野君も見る？
タケシ　見るだけですか？
真弓　食べるのは、荷作りが終わってからって約束でしょう？　かわいそうだけど、匂いだけで我慢して。
タケシ　三十分もしゃべり続けて、おなかがペコペコなんです。せめて、一つだけでも。（とクッキーに手を伸ばす）
真弓　（タケシの手を叩いて）そう言えば、トラック、まだ来てないよね？　いくら何でも、遅すぎない？
タケシ　四時を過ぎても来なかったら、電話してみます。でも、今来られても、困るんですよね。
真弓　荷作り、全然進んでないもんね。

タケシ　つい話に夢中になっちゃって。でも、森さんは聞いてるだけなんだから、ダンボールを閉じることぐらいできたでしょう？

真弓　聞いてるだけとは失礼ね。聞きながら、必死で考えてたのよ。三作目のネタになるかどうか。

タケシ　で、どうです？　ネタになると思いますか？

真弓　そんなの、わかるわけないでしょう？　まだ始まったばっかりで、潜水艦の「せ」の字も出てきてないのに。

タケシ　やっぱり、やめませんか？　こんな話、ネタになるわけないんですよ。僕としても、自分の家族のことを話すのは恥ずかしいし。

真弓　本当に恥ずかしい？　私にはむしろ楽しそうに見えるけど。

タケシ　それは、半分ヤケになってるからですよ。だって、森さんは全然信じてないでしょう？

真弓　サブリナが言葉をしゃべったってこと？　約束を破って笑ったのは反省してる。

タケシ　じゃ、信じてくれたんですか？

真弓　まさか。で、さっきの話の続きだけど、星野君はあの後、どこへ行ったの？

タケシ　行くあてなんてありませんでした。とにかく、父と兄のそばにいるのが、耐えられなかったんです。それなのに、二人の声はすぐ後から追いかけてくる。仕方なく、僕はゴミ捨て場に置いてあった、冷蔵庫の中に隠れました。

真弓　で、出られなくなったわけね？

タケシ　よくわかりますね。

真弓　昔は冷蔵庫の中で窒息死する子供って、結構いたのよね。
タケシ　僕の場合は、一時間で父が発見してくれました。僕は顔とパンツをビショビショにして、家に帰ったんです。
真弓　それで？
タケシ　次の日から、僕は読書感想文に取りかかりました。

タケシが机の上から本を取り上げる。博がやってくる。

博　いよいよ感想文か。本は何にしたんだ？
タケシ　ジュール・ヴェルヌの『海底二万里』。
博　その話は長いだろう。全部読むのに、一週間はかかるんじゃないか？
タケシ　もう読み終わった。この本は三月に読んだんだ。
博　三月だと？　タケシ、夏休みの宿題っていうのは、夏休みにやるものだ。その本で感想文を書いたら、おまえはズルをしたことになるんだぞ。
タケシ　でも、今から他の本を読むなんて。
博　これを読め。（と本を差し出す）
タケシ　（受け取って）『風の又三郎』？
博　宮沢賢治の代表作だ。日本で生まれた男の子は、大人になる前に必ずこの本を読まなければならない。これは憲法で決まってることなんだ。

タケシ　ふーん。じゃ、女の子は？

博　『キャンディキャンディ』だ。

真弓　それは私も賛成。でも、『ベルサイユのばら』も捨てがたいよね。

博が去る。そこへ、佐知子がやってくる。

佐知子　タケシ、何、読んでるの？

タケシ　『風の又三郎』。でも、登場人物がみんな東北弁でしゃべるから、難しくて。

佐知子　じゃ、かわりにこれを読めば？　今日、うちの患者さんに借りたんだけど。（と本を差し出す）

タケシ　（受け取って）『1973年のピンボール』？

佐知子　変な題名でしょう？　でも、今、ベストセラーになってるんだって。

タケシ　村上春樹なんて聞いたことないよ。

佐知子　私も。読み終わったら、おもしろかったかどうか教えて。つまらなかったら、私は読まずに返すから。

真弓　そんなことをしたら、貸した人に言いつけるわよ。あと、村上春樹にも。

佐知子が去る。そこへ、治男がやってくる。

治男　タケシ、何、読んでるんだ？
タケシ　『1973年のピンボール』。でも、話があっちこっち飛ぶから、難しくて。
治男　そうか。頑張れよ。
真弓　何よ、応援するだけなの？

治男が去る。そこへ、サブリナがやってくる。

サブリナ　（タケシに本を差し出す）
タケシ　（受け取って）『ゴールデン・レトリーバーの飼い方』？
サブリナ　（本を開いて、ある頁を指さす）
タケシ　（読んで）「ゴールデン・レトリーバーは嗅覚が鋭く、泳ぎも得意なので、水辺の獲物の回収犬として使用されてきました。性格が温和で知能が高いことから、近年では盲導犬や麻薬探知犬としても利用されています」。へえ、君って凄いんだね。
サブリナ　（うなずいて、本を取る）
真弓　何よ、その本を読めっていうんじゃないの？

サブリナが去る。そこへ、勇也がやってくる。引き綱を持っている。

勇也　坊主、読書か。

タケシ　夏休みの宿題なんです。本を一冊読んで、感想文を書けって。
勇也　まだ半分も読んでないのか。おまえ、読書は苦手なんだな？
タケシ　そんなことないです。おもしろい本を読むのは大好きです。
勇也　今まで読んだ中で、一番おもしろかった本は？
タケシ　『海底二万里』です。ジュール・ヴェルヌの。
勇也　だったら、その本で感想文を書けばいいだろう。
タケシ　でも、読んだのは半年も前だから。
勇也　もう一度読めばいいじゃないか。
タケシ　そうか。そうすればいいんだ。
勇也　坊主、この前、俺が言ったこと、覚えてるか。サブリナを散歩に連れてってくれって。
タケシ　はい。
勇也　散歩は毎週日曜って決まってるんだ。つまり、今日だな。読書が終わったら、連れてってくれるか？
タケシ　今、行きます。本は夜でも読めるから。
勇也　そうか。サブリナ。

サブリナがやってくる。勇也がサブリナの首に引き綱をつける。その間に、タケシがリュックサックを背負う。勇也がタケシに引き綱を渡す。

勇也　コースはいつも決まってるんだ。サブリナの後についていけばわかる。
タケシ　はい。よろしく、サブリナ。
勇也　帰ってきたら、何かご褒美をやろう。そうだ。自転車はどうだ。
タケシ　自転車？
勇也　奥の倉庫に一台あるんだ。そいつをおまえに貸してやろう。
タケシ　いいですよ、ご褒美なんて。行こう、サブリナ。

タケシが走り出す。サブリナは動かないで、引き綱を引っ張る。タケシが転ぶ。サブリナが歩き出す。タケシがその後についていく。

真弓　どっちが散歩させてるのか、わからないわね。

勇也が去る。タケシとサブリナが戻ってくる。

タケシ　サブリナは多摩川に向かって、真っ直ぐに歩いていきました。泳ぎが得意なだけあって、川が好きなんでしょう。もちろん、実際に泳いだりはしませんでしたが。
真弓　話しかけてみた？
タケシ　ええ。でも、全部無視されました。最初のうちは「とぼけても無駄だぞ。いつかは尻尾をつかんでやる」と思ってたんですが、そのうちバカバカしくなってきて。母が言った通り、

真弓　僕の聞き間違いだったのかもしれないと思うようになりました。

タケシ　普通、そう思うわよ。

そして、次の日曜日、二回目の散歩から帰ってくると。

勇也が康太郎の腕をつかんで、引っ張ってくる。恵利子が後を追ってくる。康太郎と恵利子は高校の制服を着ている。

康太郎　放せよ！　俺が何したって言うんだよ！　放せってば！

勇也が康太郎を突き飛ばす。康太郎が地面に転がる。

康太郎　いてえ……。いきなり放すなよ。転んじゃったじゃないか。

恵利子　（康太郎に駆け寄って）大丈夫？

康太郎　平気平気。（勇也に）恵利子ちゃんの前で、よくも恥をかかせてくれたな。でも、今度は同じようにはいかないぞ。俺はこう見えても、空手を習ってるんだ。

勇也　ほう。ということは、有段者か。何段だ。

康太郎　段のことは聞くな。とにかく、俺は何も悪いことはしてない。あんたに文句を言われる覚えはないんだ。

勇也　おまえは無断で工場に入った。不法侵入っていうのは、立派な罪になるんだ。

康太郎　（恵利子に）そうなの？
恵利子　気にしなくて、大丈夫よ。正義は私たちにあるんだから。
康太郎　そうか。（勇也に）じゃ、警察を呼んでもらおう。俺は逃げも隠れもしない。
勇也　そうやって減らず口が叩けるうちに、とっとと失せろ。今日のところは勘弁してやる。
康太郎　誰が勘弁してくれって言った。俺は警察を呼べって言ったんだ。イヤなら、俺が電話してやろうか。
勇也　勝手にしろ。ただし、この近くに公衆電話はないぞ。（と歩き出す）
恵利子　待ってください。
勇也　（立ち止まって）せっかくの休みに、ガキの相手をしている暇はないんだ。
恵利子　勝手に中に入ったことは謝ります。でも、別に悪いことをするつもりはなかったんです。
勇也　最初にそう言うべきだった。素直に謝って、名前を名乗って、用件を言う。それが人に物を聞く時の礼儀ってもんだ。礼儀を知らないガキに、付き合うつもりはない。
恵利子　私の名前は三村恵利子。飛鳥高校の三年生です。この人は私の同級生で、上田康太郎。
康太郎　（勇也に）府中駅の南口にある、鶴亀庵て蕎麦屋の息子だ。
勇也　鶴亀庵か。あそこのカレー南蛮は絶品だな。
康太郎　あんた、うちの店に来たことあるのか？
勇也　月に一度は行くことにしてる。
康太郎　毎度ありがとうございます。しかし、それとこれとは話が別だからな。
恵利子　（勇也に）名前を名乗ったんだから、次は用件を言っていいですよね？

勇也　仕方ないだろう。俺の名前は根本勇也。根本自動車整備工場の社長兼警備員だ。用件を聞かせてもらおうじゃないか。

恵利子　私たちは車を探してるんです。黒の大型車。車種はわからないけど、たぶん国産車だと思います。

勇也　ちょっと待て。おまえら、車種もわからずに探してるのか？

恵利子　その車は、前の部分の左側が壊れてるんです。自転車とぶつかっただけだから、あまりひどい壊れた方じゃないでしょう。ドアがへこんだか、塗装が剝げたか、その程度だと思います。

勇也　今、自転車とぶつかったって言ったな。

恵利子　ええ。その自転車には、私たちの同級生が乗っていたんです。車は同級生をその場に残して、走り去ったんです。

勇也　それはいつの話だ。

恵利子　七月三十一日。今から十一日前です。

タケシ　すぐにピーンと来ました。弁護士の男の人と、おなかの大きな女の人。あの二人が車を持ってきたのが、ちょうど十日前。つまり、事故の翌日だったんです。

勇也　そういう車が、うちの工場にないかって聞きたいわけだ。

恵利子　そうです。私たちは何が何でも、犯人を見つけ出したいんです。だから、事故の次の日からずっと探してきたんです。お願いします。正直に答えてください。

勇也　正直に答えよう。そんな車はない。

タケシ　嘘です。船長は嘘をつきました。
恵利子　(勇也に) 本当ですか?
勇也　本当だ。事故を起こした車なら、一目でわかる。そんな車はうちにはない。
タケシ　「船長の大嘘つき」って言いたかったけど、言えなかった。後で何をされるかわからないから。
康太郎　(勇也に) 一応、中を確かめてもいいですか?
勇也　俺が信用できないのか?
タケシ　「信用するな。しちゃダメだ」って言いたかったけど、言えなかった。
恵利子　(勇也に) 信用します。行こう、上田君。
康太郎　でも、恵利子ちゃん。
恵利子　(勇也に) 失礼しました。

恵利子と康太郎が去る。

勇也　(タケシに) ご苦労だったな、散歩。
タケシ　はい。あの。
勇也　何だ。
タケシ　どうして嘘をついたんですか?
勇也　嘘?

タケシ　車です。本当はここにあるのに。
勇也　俺はあいつらのことを何も知らない。あいつらに協力してやる義務はない。
タケシ　でも、船長は車を置いていった人が嫌いなんでしょう?
勇也　大嫌いだ。しかし、あいつは俺の客だ。正規の料金の三倍払ってくれる客を、そう簡単に裏切るわけにはいかない。サブリナ。

勇也とサブリナが去る。

真弓　なんだかんだ言ったって、やっぱりお金が大事なのね。
タケシ　でも、本当は別の理由があったんです。それがわかったのは、同じ日の夕方のことでした。

6

芳樹と理沙がやってくる。

芳樹　タケシ君だったね。勇也はいるかな？
タケシ　はい、今、呼んできます。

タケシが去る。

理沙　あの子、この前来た時もいたわね。夏休みなのに、遊びに行かないのかしら。
芳樹　行きたくても行けないんだろう。あの子の家族は、ここへ夜逃げしてきたんだ。あの子の父親の会社が倒産して。
理沙　知らなかった。
芳樹　俺も昨夜、初めて聞いたんだ。親父から。
理沙　じゃ、お義父さんが二階を貸したの？
芳樹　ああ。親父は戦争中、埼玉に疎開してたんだ。その時、同級生だったのが、あの子の母親

理沙　の兄貴。つまり、叔父さんてわけだな。最近は年賀状だけの付き合いだったらしいが、親父にとっては大切な幼なじみだ。その幼なじみに、「妹を頼む」って言われたら、断るわけにもいかないだろう。

芳樹　借金てどれぐらいあるの？

理沙　全部で一億だそうだ。住んでた家は銀行が差し押さえただろうけど、半分にもならなかったはずだ。

芳樹　でも、このまま見つからなければ、残りを払わなくてもいいんでしょう？

理沙　それがそうはいかないんだ。借金の中には、あの子の叔父さんに借りた分もあったんだ。全部で五百万だったかな。その五百万だけは一生かかっても返すって、あの子の母親は言ってるらしい。それで今は、看護婦をしてるそうだ。

芳樹　あの子を遊びに連れていく暇なんかないってわけか。

理沙　同情したくなる気持ちはわかるが、もっとひどい話はいくらでもある。あの子は両親と一緒に暮らせるんだから、まだ幸せな方なんだ。

そこへ、タケシが戻ってくる。後から、勇也とサブリナがやってくる。

タケシ　呼んできました。

理沙　ありがとう、タケシ君。勇也さん、こんにちわ。

芳樹　（勇也に）一週間て約束じゃなかったか？

勇也　うちの工場が人手不足なのは、あんただって知ってるだろう。これでも、精一杯努力したんだ。

芳樹　言い訳はやめろ。なぜ素直に「遅くなってすいませんでした」と言えないんだ。

勇也　悪いと思ってないからさ。

芳樹　何だと？

勇也　俺は俺にできるだけのことをやった。それで十日かかったんだから、仕方ないと言ってるんだ。

芳樹　（笑って）変わらないな、勇也。

勇也　何がおかしい。

芳樹　おまえってヤツは昔からそうだ。何があっても自分の非は認めない。子供の頃はそれでよかったかもしれない。が、経営は別だ。社長のおまえがそんな態度じゃ、客がよりつかなくなるのも当然だ。

勇也　うちの会社は社員が少ないからな。客が少なくても、何とかやっていけるんだ。

芳樹　いっそのこと、やめちまったらどうだ、こんな薄汚い工場。

勇也　薄汚いは余計だ。

芳樹　事実だから仕方ない。親父がこの工場を建てたのは、二十年以上も昔だ。あの頃は従業員が十人近くいたし、親父も元気だった。その親父も、今じゃ毎日病院通いだ。この工場だって、もう寿命なんだよ。

勇也　俺はそうは思わない。

芳樹　まあいい。親父がしっかりしてるうちは、おまえの好きにさせてやる。しかし、親父が死んだら、工場は潰す。この土地の半分は俺の物だからな。

勇也　親父はなんて言ってる。

芳樹　おまえには感謝してるさ。まさか、おまえが跡を継いでくれるとは思ってなかったからな。しかし、今、親父の面倒を見てるのは俺だ。生前譲渡なんて勝手なマネはさせない。

勇也　何か勘違いしてるんじゃないか。俺はこの土地がほしくて、跡を継いだんじゃない。自動車整備の仕事がしたかっただけだ。あんたはわからないだろうが、この仕事はなかなか楽しいんだ。他人に頭を下げる必要もないし、嘘をつく必要もない。

芳樹　おまえの気持ちはよくわかった。親父には、しっかりやってるって伝えておこう。ほら、キイを寄越せ。

理沙　（勇也に）忙しいのに、無理やり頼んじゃってごめんなさい。本当にご苦労様でした。

勇也　（キイを差し出して）ついでに、整備もしておいた。まだ新しいから、特に直すところはなかったが。

理沙　（受け取って）ありがとう。代金は勇也さんの口座に振り込めばいいよね？　請求書はある？

勇也　ああ。（と請求書を差し出す）

芳樹　（横から取って）高いな。まさか、三倍取るつもりじゃないだろうな？

勇也　期日を三日も過ぎたからな。遠慮して二倍にしておいた。

芳樹　ふざけるな。俺は正規の料金しか払わない。書き直せ。（と請求書を差し出す）

勇也　それでも、他の所と比べたら、そう高くはないはずだ。
芳樹　おまえは期日を守らなかった。金がもらえるだけでも、ありがたいと思え。（と請求書を地面に落として）理沙。（と歩き出す）
勇也　待てよ。無理やり仕事を押しつけたのは、あんたの方だろう。
芳樹　しかし、おまえは引き受けた。今じゃ、おまえも事後従犯なんだよ。

芳樹が去る。勇也が請求書を拾う。理沙が勇也の手から請求書を取る。

理沙　お金、請求書の通りに振り込んでおくからね。
勇也　そんなことをしたら、兄貴に怒られるだろう。
理沙　大丈夫大丈夫。あの人が大声を出したら、「おなかの子も聞いてるのよ」って言ってやるわ。
勇也　呆れてるんじゃないか？　いい年した大人が、会うたびに喧嘩して。
理沙　ちょっとね。でも、私は一人っ子だから、兄弟喧嘩ってしたことないのよ。だから、ちょっと羨ましくもある。
勇也　さすがは弁護士の妻だ。口がうまい。
理沙　あら、私は本気で言ったのよ。じゃ、そろそろ行かないと。そうだ。タケシ君、今度、家に遊びに来ない？
タケシ　え？

理沙　笹塚の駅の近くだから、京王線ですぐよ。それより、勇也さんの車に乗せてもらった方が早いか。

勇也　俺も来いって言うのか?

サブリナ　(理沙に歩み寄る)

理沙　サブリナは留守番ね。うちのマンション、ペットは禁止なのよ。

サブリナ　(ふてくされる)

理沙　(タケシに)いつでもいいから電話して。おいしいケーキを作って待ってるから。じゃあね。

理沙が去る。

勇也　(タケシに)俺は行かないぞ。行きたかったら、おまえ一人で行け。

勇也が去る。

サブリナ　本当は一緒に行きたいくせに。

タケシ　今、なんて言った?

サブリナ　「一緒に行きたいくせに」って言ったんです。

タケシ　サブリナ、君はやっぱりしゃべれるんじゃないか。

サブリナ　わからない人だな。今のは気のせい。単なる気のせいですよ。
タケシ　そんなわけない。君は確かにしゃべってる。君には言葉がしゃべれるんだ。
サブリナ　そう思いたければ、思えばいいでしょう。で、またお父さんとお母さんに報告するんですね。今度はきっと信じてくれますよ。

サブリナが去る。

真弓　どういうこと？　やっぱり、サブリナはしゃべれるの？
タケシ　今度という今度は、間違いありません。だって、僕には証拠があるんですから。
真弓　証拠って？

タケシがリュックサックの中からラジカセを取り出し、ボタンを押す。

サブリナの声　「そう思いたければ、思えばいいでしょう。で、またお父さんとお母さんに報告するんですね。今度はきっと信じてくれますよ」
真弓　いつの間に。
タケシ　こういう時のために、いつもリュックに入れてたんです。
真弓　でも、それがサブリナの声だってことは、誰にも証明できないんじゃない？　近所のおばさんに頼んでしゃべってもらったんだろうって言われたら？

タケシ

その通りです。だから、僕は父と母には報告しませんでした。かわりに、サブリナに聞かせることにしたんです。その日の夜。

7

博がやってくる。

博　タケシ、こんな所で何してるんだ。
タケシ　サブリナを探してるんだ。犬小屋にいなかったから。
博　こんな時間に、サブリナに何の用だ。まさか、話でもしようって言うんじゃないだろうな？
タケシ　違うよ。
博　だったらいいけど、もうすぐ十一時だ。小学生は寝る時間じゃないのか？
タケシ　すぐに寝る。サブリナを見つけたら。
博　そう言えば、おまえ、感想文は書き終わったのか？
タケシ　あとちょっと。書き終わったら、見せるよ。
博　おもしろかっただろう、『風の又三郎』。
タケシ　それがその。
博　やっぱり、宮沢賢治は天才だよな。でも、彼は彼なりに苦労してるんだ。まあ、詳しい話は後でたっぷり聞かせてやる。まずは、感想文を読んでからだ。

そこへ、康太郎が走ってくる。手にはカメラ。後から、サブリナがやってくる。

康太郎　助けて！

博　誰だ、おまえ。

康太郎　助けてください。あの狂犬が僕に噛みつこうとするんです。

博　狂犬て、こいつのことか？（とサブリナを示す）

サブリナ　（ニッコリ笑う）

博　こいつはもう年寄りなんだ。人を襲ったりはしないと思うけど。

康太郎　いや、確かに僕に噛みつこうとしました。でも、もういいんです。お騒がせして、すいませんでした。（と行こうとする）

博　ちょっと待て。君は今、工場から出てきたよな？　中で何をしてたんだ？

康太郎　別に何も。

タケシ　（博に）この人、カメラを持ってるよ。

博　（康太郎に）そのカメラで何を撮ったんだ。まさか、根本さんが風呂に入ってるところを。

康太郎　バカなこと言わないでください。じゃ、僕はこれで。（と行こうとする）

サブリナ　（康太郎の前に立ち塞がる）

康太郎　こら、そこをどけ。どかないと、俺が噛むぞ。

サブリナ　（歯をむき出す）
康太郎　（博に）すいません、この犬をどかしてください。
博　何を撮ったか教えてくれればな。
康太郎　何も撮ってませんよ。大体、このカメラにはフィルムが入ってないんです。
博　一応確かめさせてもらうぞ。（とカメラに手を伸ばす）
康太郎　（博の手を叩いて）それはお断りします。
博　俺の手を叩いたな？
康太郎　あなたが乱暴なことをするからですよ。
博　カメラをよこせ。よこせって言ってるのが、聞こえないのか？

博が康太郎につかみかかる。康太郎が避ける。博が転ぶ。博が康太郎に殴りかかる。康太郎が避けて、博の顔を殴る。博が倒れる。

康太郎　しまった。つい、反射的に。
タケシ　兄さん！（と博に駆け寄る）
真弓　偉そうなこと言ってて、弱いのね。
タケシ　兄は勉強一筋だったから、ケンカなんてしたことなかったんです。兄さん！

そこへ、勇也がやってくる。

勇也　どうした、坊主。
タケシ　兄さんが、その人に。
勇也　（康太郎に）昼間来たガキだな。おまえがやったのか。
康太郎　先に暴力を振るったのは、その人の方です。正当防衛だったんです。
勇也　本当か、坊主。
サブリナ　（康太郎のカメラを示す）
勇也　なるほど。（康太郎に）おまえの狙いはうちの工場か。
康太郎　バレちまったら、仕方ない。おい、根本。昼間はよくも嘘をつきやがったな。恵利子ちゃんはいい子だから騙されたけど、俺は騙されなかったんだよ。
勇也　騙すって何のことだ。
康太郎　惚けても無駄だ。証拠はこの中にある。明日、朝イチで現像して、警察に突き出してやる。
勇也　うちの工場で、写真を撮ったのか？
康太郎　例の車、しっかり撮らせてもらったよ。前から後ろから上から下から、ナンバープレートまでバッチリだ。
勇也　うちの工場は撮影禁止だ。かわいそうだが、フィルムは没収させてもらう。（とカメラに手を伸ばす）
康太郎　（勇也の手を叩いて）あんたにそんなことをする権利はない。
勇也　俺の手を叩いたな？

康太郎　暴力はやめた方がいい。そっちの人みたいな目に遇いたくなかったら。

勇也が康太郎につかみかかる。康太郎が避ける。勇也が康太郎を突き飛ばす。康太郎が転ぶ。カメラは勇也の手に。康太郎が勇也に殴りかかる。勇也が避けて、康太郎を殴る。康太郎が倒れる。

真弓　強い。船長も、空手か何かやってたの？

タケシ　いいえ。後で聞いた話ですけど、高校生の時、ちょっとグレてたんだそうです。つまり、実戦で鍛えたわけですね。

勇也　（カメラからフィルムを抜き取る）

康太郎　あ！　やめろ！

勇也　これ以上殴られたくなかったら、さっさと出ていけ。（とカメラを投げる）

康太郎　（受け取って）クソー！

康太郎が勇也につかみかかる。勇也が避ける。康太郎が転ぶ。
そこへ、治男・佐知子がやってくる。二人ともパジャマを着ている。

治男　何ですか、こんな夜中に大騒ぎして。

佐知子　博、どうしたの？（と博に駆け寄る）

博　何でもない。何でもないよ。（と立ち上がるが、すぐに倒れる）

佐知子　博！
治男　根本さん、あなたがやったんですか？
タケシ　違うよ、父さん。兄さんはその人にやられたんだ。（と康太郎を示す）
治男　そいつに？　じゃ、そいつは誰にやられたんだ。
タケシ　その人は根本さんに。
治男　じゃ、結局、根本さんが悪いんじゃないか。
タケシ　違うんだよ、父さん。（真弓に）僕は父に事情を説明しました。昼間、その人が来たことも、轢き逃げ犯人を探していることも。
佐知子　（康太郎に）そうか。あなた、美香ちゃんのお友達ね？
治男　美香ちゃんて誰だ。
佐知子　うちの病院に入院してる高校生。（康太郎に）どこかで見た顔だと思ったら、毎日、美香ちゃんのお見舞いに来てる子だったのね。
康太郎　そういうあなたは？
佐知子　わからない？　美香ちゃんのお世話をしてる、白衣の天使。
康太郎　ああ、あの元気なおばさん。
治男　なるほど、これで全部わかったぞ。おまえは美香ちゃんに惚れている。それで、美香ちゃんの仇を討つために、犯人を探してるんだ。
康太郎　おじさん、全然違います。僕は美香なんか好きじゃありません。
治男　じゃ、なぜ犯人を探す。

康太郎　それは、美香が恵利子ちゃんの親友だからです。
治男　ということは、おまえは美香ちゃんじゃなくて、恵利子ちゃんに惚れてるのか。
康太郎　惚れてるとかイカれてるとかメロメロになってるとか、そういう低次元な物の言い方はしないでください。僕はあくまでも真剣に。
治男　よしよし、わかった。後は俺に任せておけ。
康太郎　任せるって？
治男　恵利子ちゃんを物にするためには、犯人をつかまえるしかない。だったら、こそこそ写真なんか撮らないで、根本さんに協力を頼むんだ。根本さんだって鬼じゃないんだから、おまえの男心はわかってくれるさ。ねえ、根本さん。
勇也　いいえ、わかりません。
治男　そんな。
勇也　（康太郎に）昼間言った通り、ここにはおまえの探してる車はない。おまえが写真に撮ったのは、昨日ここに来た車だ。別に事故を起こしたわけじゃない。ただの車検だ。
康太郎　だったら、どうしてフィルムを取ったんだ。
勇也　持ち主に迷惑がかかるからだ。不法浸入は二度目だが、おまえの男心に免じて、許してやる。しかし、三度目はそうはいかないからな。

勇也が去る。

康太郎　騙されるもんか。ナンバーはちゃんと覚えてるんだ。警察に行って、持ち主を調べてやる。
タケシ　調べても無駄だよ。今、工場にある車は、犯人の車じゃない。犯人の車は。
サブリナ　（タケシの手を嚙む）
タケシ　痛い！
佐知子　どうしたの、タケシ？
タケシ　サブリナが僕の手を嚙んだ。（と佐知子に手を差し出す）
佐知子　（タケシの手を見て）どこも切れてないわ。きっとふざけて嚙んだのよ。
康太郎　（タケシに）君、何か知ってるのか？
タケシ　別に何も。
康太郎　そうか。（佐知子に）夜中にお騒がせしてすいませんでした。（博に）顔、すぐに冷やした方がいいですよ。
博　おまえもな。
康太郎　それじゃ、失礼します。

康太郎が去る。

佐知子　タケシ、もう寝よう。
治男　（博に）おまえ、喧嘩はあんまり強くないみたいだな。
博　俺は腕力より学力を優先してきたんだ。父さんと違ってね。

佐知子　さあ、タケシ。

博・治男・佐知子が去る。

タケシ　どうして止めたの？
サブリナ　決まってるでしょう。ご主人様のためですよ。
タケシ　でも、船長のお兄さんが持ってきた車は、犯人の車なんだよ。
サブリナ　ご主人様はその車を修理した。警察にバレたら、面倒なことになります。
タケシ　美香ちゃんて人は怪我をして、病院に入院してるんだ。犯人は美香ちゃんに謝るべきだよ。
サブリナ　あなたの言うことは全く正しい。しかし、現実はなかなかその通りには行かないんです。
タケシ　君がしゃべるってことも、みんな信じてくれないしね。
サブリナ　そのテープを聞かせたって、結果は同じです。
タケシ　（リュックサックからラジカセを取り出して）知ってたの？
サブリナ　録音された後ですけど。どうします、そのテープ。
タケシ　一つだけ聞いていい？　どうして君は僕だけに話しかけるの？　僕のこと、からかってるの？
サブリナ　違いますよ。
タケシ　じゃ、どうして？
サブリナ　それは、あなたが話しかけてもらいたがっているように見えたからです。私の考えは間違ってましたか？

タケシ　ううん。間違ってない。

サブリナが去る。

8

タケシが真弓にリュックサックとラジカセを渡す。

真弓　で、このテープはどうしたの？
タケシ　ラジカセに入れたまま、押し入れの中に放り込みました。サブリナのことは、僕だけの秘密にしておこうって決めたんで。
真弓　サブリナはどうして言葉がしゃべれるようになったの？　年を取って賢くなったの？　それとも、未来からやってきた犬型ロボットだったの？
タケシ　またバカにして。森さん、まだ信じてないんですか？
真弓　こうは考えられないかな。すべては星野君の夢だった。サブリナはワンワン吠えてるだけだったのに、星野君には人間の言葉のように聞こえた。
タケシ　孤独から生まれた妄想だったって言いたいんですね？　だから、話したくなかったんだ。
真弓　まあ、一応は信じるとして、サブリナとはおしゃべりするようになったの？
タケシ　次の日、僕は一人で出かけることにしました。工場に来てから、初めての外出です。

勇也・サブリナがやってくる。

勇也　坊主、どこに行くんだ。

タケシ　……。

勇也　なぜ答えない。今日はやけに機嫌が悪いな。

タケシ　……。

勇也　まあ、いい。出かけるなら、俺の自転車を使え。この前、貸してやるって言ったはずだぞ。

タケシ　いいです。バスで行きますから。

勇也　俺の自転車には乗りたくないって言うのか？

タケシ　……。

勇也　だったら、勝手にしろ。

勇也が去る。

サブリナ　怒ってるんですね、ご主人様のこと。

タケシ　だって、あまりに見え透いてるじゃないか。僕が本当のことをしゃべらないように、自転車でご機嫌を取ろうとしちゃって。

サブリナ　私はそうは思いません。ご主人様は単なる厚意で言ったんです。

タケシ　僕はそうは思わないね。（と歩き出す）

サブリナ　どこに行くんです。

タケシ　どこに行こうと勝手だろう。（真弓に）僕は駅の方角に向かって、歩き出しました。船長にはバスに乗るって言ったけど、そんなお金はなかったんで。

真弓　で、どこへ行ったの？

タケシ　母が勤めていた病院です。受付で母を呼び出すと、五分もしないうちに、奥からバタバタ走ってきました。

佐知子がやってくる。白衣を着ている。

佐知子　タケシ。いきなり何しに来たの。サブリナのお散歩？

タケシ　サブリナ？（と振り返る）

サブリナ　（ニッコリ笑う）

タケシ　僕が連れてきたんじゃないよ。勝手についてきたんだ。

佐知子　じゃ、タケシは私に会いに来たのね？　そうなんでしょう？

タケシ　まあね。昨夜、母さんが言ってた美香っていう人、まだ入院してる？

佐知子　うん。美香ちゃん、頭と右足の骨が折れちゃってね。あと一週間は退院できないんじゃないかな。

タケシ　頭の骨が折れたの？

佐知子　そっちの方はヒビが入っただけ。でも、頭っていうのは、一番大切な部分だからね。ゆっくり休んだ方がいいって、先生が仰ってるの。そうだ。タケシ、会っていかない？

タケシ いや、僕は。

佐知子 タケシに貸してあげた『１９７３年のピンボール』、うちの患者さんに借りたって言ったでしょう？　あれ、美香ちゃんなのよ。どんなふうに感想文を書けばいいか、美香ちゃんに聞いてみたら？

タケシ 母さん、その感想文のことなんだけど、実は。

佐知子 ほら、早く早く。あ、サブリナはここで待ってて。動物は中に入っちゃいけないことになってるの。

サブリナ （ふてくされる）

タケシ バイバイ、サブリナ。

サブリナが去る。

タケシ 僕は母に連れられて、中に入りました。エレベーターに乗って、着いたのは屋上でした。

真弓 屋上？

タケシ 美香ちゃんは、朝食が終わると、いつも屋上に上がるんです。そこで日光浴をするのが日課だったんです。

美香がやってくる。パジャマを着て、頭と右足に包帯を巻いて、松葉杖をついている。

佐知子　美香ちゃん、お客さんよ。

美香　その子が？　私、小学生の知り合いなんていませんよ。

佐知子　名前は星野武。私の息子なの。

美香　へえ、星野さんの。言っちゃ悪いけど、全然似てませんね。

佐知子　そう？　赤んぼの頃は私にそっくりだったのよ。（タケシに）そう言えば、おみやげ、何も持ってこなかったわね。

美香　いいですよ、おみやげなんて。暇つぶしに、話し相手になってくれれば、それでオーケイです。

そこへ、康太郎・恵利子がやってくる。

康太郎　（タケシに）あれ？　どうしておまえがこんな所にいるんだ？

佐知子　美香ちゃんのお見舞いに来たのよ。

康太郎　そうか。（恵利子に）この子、覚えてる？　昨日行った、根本自動車整備工場にいただろう？　それが何と、このおばさんの息子だったんだ。

恵利子　でも、どうして美香のお見舞いに？

佐知子　美香ちゃんに聞きたいことがあるんだって。（美香に）悪いけど、しばらく相手をしてやってくれる？　私は仕事に戻るから。

美香　わかりました。

佐知子が去る。

美香　（タケシに）私に聞きたいことって何？
タケシ　『1973年のピンボール』はおもしろかったですか？
美香　知らない。私、読んでないもん。
恵利子　嘘。私が貸してあげたのは？
美香　さっきの看護婦さんに貸しちゃった。どうせ私は読まないから。
恵利子　ひどい。美香が暇だって言うから、持ってきたのに。
美香　私の頭にはヒビが入ってるのよ。本なんか読んだら、真っ二つに割れちゃうよ。
康太郎　おまえは国語の成績、最低だもんな。
美香　あんたに言われる覚えはないわ。
康太郎　役者って、台本を読んで、科白を覚えるのが仕事だろう？　やっぱり、国語ができないとまずいんじゃないか？
美香　それって、あんまり関係ないと思う。私って、百人一首とか助動詞の活用とか、暗記は全然ダメなのに、なぜか科白だけはすぐに覚えられるのよね。
康太郎　へえ。じゃ、今度の役の科白は？
美香　役が決まって、すぐに覚えた。今だって、全部言えるよ。もう必要なくなったけど。

恵利子　美香の役、二年の子がやることになったって。
美香　知ってる。昨日、その子と顧問がお見舞いに来た。
恵利子　その子、あんまりうまくないんでしょう？
美香　昨日まで裏方だったからね。でも、頑張ってもらわなくちゃ。私たちの学年にとっては、最後の大会なんだから。
康太郎　でも、本番は九月だろう？　一カ月前に主役が交代したら、普通は勝てないんじゃないか？
恵利子　あんたって人は、どうして美香が落ち込むようなこと言うのよ。
康太郎　違うよ、恵利子ちゃん。俺はあくまでも、美香がやる方がいいって言いたかったんだ。
美香　無理だよ。あと十日は退院できないし、退院してもしばらくは松葉杖で歩かなくちゃいけないし。
恵利子　退院は十日後に決まったの？
美香　まだわからないけど、さっき看護婦さんがそれぐらいじゃないかって。
恵利子　美香。昨日、上田君と話し合ったんだけど、美香の入院費、うちのクラスでカンパしようと思うんだ。
美香　いいよ、カンパなんて。
恵利子　大した額にはならないだろうけど、気持ちだけ受け取ってよ。
美香　本当にいいよ。確かに、うちはあんまり金持ちじゃないけど、母さんが何とかするって言ってたから。

恵利子　何とかするって？
美香　また親戚に借りるんじゃない？　とにかく、お金のことは気にしなくていいよ。それは、うちの問題なんだから。
恵利子　犯人が見つかれば、そいつに賠償させてやるのに。
康太郎　そのことなんだけど、実は俺、犯人の車を見たんだ。
恵利子　どこで？
康太郎　昨夜、根本自動車整備工場に忍び込んだんだ。そうしたら、一番奥に黒の大型車があったんだ。ナンバーは。
タケシ　それは犯人の車じゃないですよ。犯人の車は。

いつの間にか、サブリナが来ている。

サブリナ　（タケシの手を噛む）
タケシ　痛い！
美香　どうしたの、タケシ君？
恵利子　あれ？　こんな所に犬が。
康太郎　根本の犬だ。（タケシに）おまえが連れてきたのか？
タケシ　いいえ、勝手についてきたんです。今、外へ追い出しますから。

タケシがサブリナの手を引っ張って、康太郎・恵利子・美香から離れた場所へ行く。

タケシ　どうして入ってきたんだよ。
サブリナ　あなたが余計なことを言わないように、見張るためです。
タケシ　美香ちゃんは大怪我をして、大会に出られなくなって、入院費も払えなくて、本当に本当に困ってるんだぞ。それなのに、知らんぷりしろって言うのか?
サブリナ　あなたには関係ないことです。
タケシ　関係あるよ。僕は美香ちゃんと話をした。美香ちゃんが困ってる姿を、この目で見たんだ。
サブリナ　しかし、赤の他人です。
タケシ　赤の他人だけど、困ってるんだ。自分は何も悪くないのに、辛い思いをしてるんだ。
サブリナ　まるであなたのようにですか。
タケシ　まるで僕のように?
サブリナ　あなたは本当に美香ちゃんに同情してるんですか?　同情するフリをしてるんじゃないですか?
タケシ　同情するフリ?
サブリナ　よく考えるんです。思いつきで行動するんじゃなくて。自分は何をするべきか。自分が本当にしたいことは何なのか。
タケシ　僕が本当にしたいことは何なのか。僕が本当にしたいことは何なのか。

美香　タケシ君、曇ってきたから、下へ降りるよ。

康太郎・恵利子・美香・サブリナが去る。

9

タケシが周囲を見回す。

タケシ　あれ？　森さん？　森さん？

そこへ、真弓がやってくる。

真弓　呼んだ？
タケシ　人が一生懸命話をしてるのに、どこへ行ってたんですか。
真弓　どこでもいいじゃない。
タケシ　よくないですよ。僕はさっきから一時間以上もしゃべり続けてるんですよ。食事もしないで、トイレも行かないで。正直に答えないと、歌いますよ。
真弓　トイレよ、トイレ。トイレに行って、オシッコ、シャーってしてきたの。仕方ないでしょう？　アイスティー、三杯も飲んだんだから。でも、心配しないで。星野君の声はトイレの中にいても、よく聞こえた。

タケシ　僕も喉が乾きました。一杯ください。
真弓　ごめん、もうないの。
タケシ　鬼。悪魔。
真弓　そんなことより、もう四時半よ。電話した方がいいんじゃない？
タケシ　そうですね。あれ？　アドレス帳がない。
真弓　全く、君って男は。またキッチンに置きっ放しなんじゃないの？
タケシ　いいえ。さっきまで、この机の上に。わかった。きっと本と一緒にダンボールの中に。
真弓　どのダンボール？
タケシ　さあ。
真弓　全く、君って男は。わかった。私が一つ一つ開けて、探してあげるから、君は話を続けて。（とダンボールのガムテープを剝がして）それで、康太郎君には本当のことを話さなかったのね？
タケシ　ええ。サブリナの言うことに、一理あるような気がしたんです。僕は美香ちゃんを助けたかったんじゃなくて、誰かを不幸にしたかったのかもしれないって。
真弓　それは、星野君が不幸だったから？
タケシ　自分では気づいてなかったけど、僕はムシャクシャしてたんです。なぜ自分だけがこんな思いをしなくちゃいけないのか。ところが、そのムシャクシャをぶつける相手がいない。僕はその相手を探してたんです。
真弓　でも、星野君は赤の他人をナイフで刺そうとしたわけじゃない。轢き逃げ犯人を告発しよ

タケシ　うとしたのよ。
　とにかく、僕はもう一度じっくり考えようと思いました。それで、その日は何も言わずに、家に帰ったんです。
真弓　そして、感想文を書いたと。
タケシ　次の日の朝、僕は家族の前で感想文を朗読しました。

　タケシがダンボールの中から、原稿用紙を取り出す。博・治男・佐知子がやってくる。

治男　よし、みんな、拍手。（と拍手する）
佐知子　（拍手して）頑張ってね、タケシ。
タケシ　その前に、一つだけ言っておきたいことがあるんだ。
博　タケシ、男のくせに言い訳するつもりか？
タケシ　違うんだ。僕は兄さんと母さんに謝りたいんだ。
佐知子　謝るって？
博　どうせあんまりうまく書けなかったとか何とか言いたいんだよ。（タケシに）うまいか下手かは俺が判断してやる。下手なら、後で書き直せばいいんだ。とにかく早く読め。
タケシ　でも。
博　でも？
タケシ　わかりました。読みます。そのかわり、読み終わるまでは、絶対に文句を言わないでね。

治男　わかったわかった。博、佐知子、絶対に文句を言うなよ。さあ、タケシ。
タケシ　「海底二万里を読んで」
博・佐知子　タケシ！（とタケシの手から原稿用紙を奪い取る）
真弓　（タケシに）お兄さん、怒ったでしょう？
タケシ　ええ。でも、もう一度初めから読んだって言ったら、しぶしぶ認めてくれました。
真弓　で、出来の方は？
タケシ　兄は「まあまあだな」って言ったけど、母は「よく書けてるじゃない」って言ってくれました。父は「なかなか気持ちがこもってた」って、読み方をほめてくれました。
真弓　じゃ、書き直しはしなくて済んだのね？
タケシ　その日から、僕はサブリナと一緒に、いろんな所へ行きました。

博・治男・佐知子が去る。そこへ、サブリナがやってくる。

サブリナ　今日はどこへ？
タケシ　どこでもいいだろう？　絶対についてくるなよ。ついてきたら、体中にピンク色のペンキを塗って、ピンク・レトリーバーにしちゃうからな。
サブリナ　わかりましたよ。どこでも好きな所へ行けばいいでしょう。

康太郎・恵利子・美香がやってくる。

康太郎　タケシ、おまえ、またサブリナを連れてきたのか？
タケシ　サブリナ。（と手を振り上げる）
サブリナ　（タケシに甘える）
美香　タケシ君のことがよっぽど好きみたいね。タケシ君、いじめちゃダメよ。
サブリナ　（笑う）
恵利子　（康太郎に）で、例の車の持ち主は誰だったの？
康太郎　それがなんと、うちの学校の校長先生だったんだ。昨日、校長室に行って、「本当のことを話してください」って言ったら、「君は進学は諦めた方がいい」って。
恵利子　で、車の方は？
康太郎　根本の工場には三日前に持ってったんだって。車検で。
恵利子　じゃ、犯人じゃなかったのね？
康太郎　ああ。また一からやり直しだ。
美香　もういいよ。私のためを思ってくれるのはうれしいけど、せっかくの夏休みなんだよ。それも、高校最後の。
恵利子　最後だからやりたいの。卒業したら、別々の道に進まなくちゃいけないんだから。
康太郎　タケシ、おまえ、何か知ってるんじゃないか？
恵利子　何かって？
康太郎　この前来た時、何か言いかけたじゃないか。犯人のことを知っていて、根本に口止めされてるんじゃないか？

タケシ　僕はサブリナを見ました。サブリナは僕の手を噛もうとして、口を開けたところでした。

サブリナ　（笑う）

真弓　で、結局、また言わなかったと。

タケシ　病院から帰ると、船長が話しかけてきました。

康太郎・恵利子・美香が去る。勇也がやってくる。

勇也　坊主。さっき、兄貴の嫁さんから電話があった。明日の昼過ぎ、家に来てくれって。

タケシ　僕一人で？

勇也　俺と二人でだ。しかし、俺は別に用事がある。おまえ一人で行ってくれ。

タケシ　でも、僕、道がわかりません。

勇也　心配するな。サブリナが案内してくれる。たっぷり楽しんで来い。

サブリナ　（笑う）

真弓　で、本当に行ったの？

タケシ　女の人に「家に来て」って言われて、断る男がいますか？

真弓　十二歳にもなれば、色気づいてくるしね。

タケシ　ドキドキしながらチャイムを鳴らすと、意外な人物が顔を出しました。

勇也が去る。芳樹と理沙がやってくる。

芳樹　よく来たな。まあ、上がれ。

理沙　あら、サブリナも来たの？　うちのマンション、ペットは禁止だって言ったのに。

サブリナ　（両手で口を塞ぐ）

芳樹　声を出さないから見逃してくれって言いたいのか。もし出したら、ベランダから突き落とすからな。

タケシ　僕らは紅茶とケーキを御馳走になりました。食べ終わって帰ろうとすると、船長のお兄さんが「せっかく来たんだから、ゆっくりしていけ」って、アルバムを見せてくれました。

芳樹　（アルバムを開いて）これは、家族で河口湖に行った時の写真だ。俺が中二で、勇也が小六の時だ。

理沙　この犬はサブリナ？

芳樹　サブリナの母親のそのまた母親だ。勇也のヤツ、今はあんなに偉そうにしてるけど、子供の頃は泣き虫だったんだ。この時も、犬も一緒に連れていくんだって、ビービー泣きやがった。こんなヤツが一人前の大人になれるんだろうかって、親父も俺も心配してたんだ。

理沙　でも、ちゃんと一人前になれたじゃない。お義父さんが病気で倒れたら、すぐにデザイナーの仕事を辞めて、整備士の免許を取って。

芳樹　それは、俺に対する当てつけだ。親父は俺に跡を継ぐ必要はないと言ったんだ。おまえの好きなことをやれって。

真弓　そう言えば、船長のお父さんは？

タケシ　奥の部屋で寝てるって話でした。僕らはあんまり長居しちゃ悪いと思って、一時間で帰りました。帰り際に理沙さんが。

理沙　今度、一緒に河口湖に行かない？　タケシ君と私と勇也さんの三人で。

サブリナ　（理沙に歩み寄る）

理沙　勇也さんがいいって言ったらね。

サブリナ　（飛び上がって喜ぶ）

芳樹　（理沙に）妊婦が旅行なんかしていいのか？

理沙　日帰りなら、大丈夫よ。（タケシに）ねえ、行こうよ。

タケシ　父と母と兄に相談してみます。（真弓に）と答えたものの、僕はうれしくてうれしくて、飛び上がりたい気分でした。早速、家に帰って、相談しようとしたら。

芳樹・理沙・サブリナが去る。博・治男・佐知子がやってくる。

博　タケシ。最近、外で遊び回ってるみたいだけど、宿題の方はどうなってるんだ？

佐知子　（タケシに）工作が苦手なのは知ってるけど、早く作っちゃった方がいいんじゃない？

治男　（タケシに）いよいよ俺の出番のようだな。俺だって、ダテに建設会社の社長をやってたわけじゃないんだ。学校でも病院でも市役所でも、好きなものを作ってやるぞ。ただし、予算は千円以下だ。

タケシ　今、何を作ろうか考えてるんだ。決めたら、相談するよ。
真弓　それで、潜水艦を作ることにしたのね?
タケシ　いいえ、それはまだ先の話です。一週間後、船長と理沙さんとサブリナと、みんなでドライブに行きました。

博・治男・佐知子が去る。そこへ、勇也・サブリナ・理沙がやってくる。理沙はバスケットと水筒を持っている。

理沙　タケシ君、出発するよ。
勇也　坊主、妊婦に重い物を持たせるな。
タケシ　はい。(と理沙の手からバスケットと水筒を取る)
理沙　ありがとう。トイレはちゃんと行ってきた? 河口湖まで、最低三時間はかかるから、覚悟しててね。
勇也　いや、今日は河口湖には行かない。もう少し近い所にしておこう。
理沙　どこ?
勇也　坊主、多摩川はどこから流れてくるか、知ってるか。
タケシ　いいえ。
勇也　ここに来てから毎日見てるくせに、なぜ調べようとしない。いいか。多摩川をずっと遡っていくと、奥多摩湖に着くんだ。東京の西の端にある湖だ。

理沙　私、行ったことない。

勇也　俺は高校時代、何度もバイクで行った。飛ばせば、昼飯までには着くだろう。行くぞ。

勇也・サブリナ・理沙が去る。

タケシ　僕らは船長の車に乗りました。アメリカ製のピックアップ・トラック。前には三人しか座れないので、サブリナは荷台に乗ることになりました。

真弓　理沙さんは妊娠六カ月でしょう？　何時間も車に揺られて、大丈夫だったの？

タケシ　僕も心配してたんですが、気分が悪くなったのは僕の方でした。すると、理沙さんは歌を歌ってくれました。理沙さんが大好きだった山口百恵をメドレーで。

真弓　十八年前って、山口百恵が引退した年よね。

タケシ　松田聖子がデビューした年です。僕はその二年前にデビューした、石野真子のファンでした。

真弓　私は清水健太郎一筋だったな。

タケシ　年がバレますね。そして、二時間半後、僕らは奥多摩湖に到着しました。

勇也・サブリナ・理沙がやってくる。

理沙　わー、広い。結構大きな湖なのね。

勇也　河口湖には負けるが、東京では一番デカい。（タケシに）多摩川はここから流れてるんだ。感想は。
タケシ　多摩川が人間だとしたら、奥多摩湖は多摩川のお母さんなんですね。
理沙　そうか。川にもお母さんはいるのね。
勇也　気分はどうだ？
理沙　全然平気。三カ月ぐらいの時は悪阻がひどかったけど、最近は食欲が凄いの。
勇也　何しろ、二人分だからな。そろそろ男か女か、わかるんだろう？
理沙　女の子の可能性が高いって。でも、あの人にはまだ言ってない。あの人はどっちでもいいみたいだから。
勇也　あんまりうまく行ってないのか？
理沙　どうしてそう思うの？
勇也　あの坊主のためっていうのは言い訳で、本当は兄貴のいない所で羽を伸ばしたかった。そうじゃないのか？
理沙　当たり。でも、別に喧嘩してるわけじゃないのよ。なんて言えばいいのかな。歯車の回転する速度が、少しずつずれてきちゃったって感じ。
勇也　子供ができてからか。
理沙　たぶん、そう。あの人、私にいろいろ気を使ってくれてるけど、本当は子供がほしくないんじゃないかって思うの。
勇也　たぶん、兄貴は怖いんだ。自分が父親になることが。

理沙　あの人が？

勇也　本人は絶対に認めないだろうが、俺にはわかる。俺だって、父親になるのは怖い。今の俺には、とても無理だ。

理沙　だから、結婚しないの？

勇也　それは単に縁がないからだ。しかし、兄貴のことは心配しなくていい。兄貴は強い男だ。実際に子供の顔を見れば、きっと変わる。

理沙　本当に？

勇也　兄貴のことを世界で一番嫌ってる男が言うんだ。信用しろ。

理沙　わかった。信用する。

サブリナ　（タケシに耳打ちする）

タケシ　船長、サブリナが「おなかが空いた」って言ってます。

理沙　サブリナじゃなくて、タケシ君が言ってるんでしょう？

勇也　よし、そろそろ昼飯にするか。

理沙　どこで食べる？　どこかに座れる場所はないかな？

勇也・サブリナ・理沙が去る。

タケシ　理沙さんが作ってきたお弁当は、のり巻きといなりずしでした。はっきり言って、母さんが作る料理の五十倍はおいしかった。腹一杯食べて、散歩をして、僕らはまた車に乗りました。乗ると同時に、僕は船長に言いました。寄り道してほしい所があると。

真弓　どこ？

タケシ　埼玉県所沢市。僕たちの家族が、半年前まで住んでいた家です。

真弓　それって、かなり遠回りになるんじゃない？

タケシ　でも、船長は「わかった」と言ってくれました。家は国道沿いに建ってました。船長は通りの反対側に車を停めました。僕は車を降りて、家を見つめました。

勇也・サブリナ・理沙がやってくる。

理沙　誰も住んでないみたいね。

勇也　かなり古い家だからな。壊して、新しい家を建てるんじゃないか？

理沙　そうか。（タケシに）間に合って、よかったね。

勇也　鍵はかかってるだろうが、何とか中に入れるかもしれない。行ってみるか。

タケシ　いいです。

勇也　何か忘れ物はないのか。そうだ、自転車は。

理沙　自転車？

勇也　（タケシに）あの家に住んでた時は、持ってたんだろう。トラックに積みきれなくて、置いてきたんじゃないのか。

タケシ　違います。

勇也　じゃ、持ってなかったのか？
タケシ　乗れないんです。
理沙　え？
タケシ　僕は自転車に乗れないんです。家にはお金がないから、買ってほしいなんて言えなかった。友達はみんな持ってたけど、貸してくれなんて言えなかった。だから、僕は自転車には近づかないって決めたんです。一生乗らないって決めたんです。

タケシがうつむく。勇也・サブリナ・理沙がタケシに歩み寄る。四人が去る。

10

康太郎・恵利子がやってくる。

康太郎　すいません。すいません。

そこへ、治男がやってくる。

治男　はいはいはいはい。なんだ。この前来た、高校生か。
康太郎　あの、タケシ君はいますか。
治男　タケシなら、二階にいるけど、何の用。
康太郎　ちょっと聞きたいことがあって。
治男　ひょっとして、まだ探してるのか、轢き逃げ犯人。
康太郎　ええ。
治男　それじゃ、その子が例の恵利子ちゃんか。
恵利子　「例の」って、どういう意味ですか？

康太郎　何でもないんだ、恵利子ちゃん。おじさん、恵利子ちゃんの前で変なことを言うのはやめてください。
治男　わかってるわかってる。しかし、なかなかかわいい子じゃないか。おまえが惚れるのもよくわかる。
康太郎　おじさん。
治男　わかってるわかってる。今、タケシを呼んでくるから。

治男が去る。

恵利子　上田君、私のいない所で何話してるの？
康太郎　いや、つまり、恵利子ちゃんはちょっと気が強いけど、とっても素直ないい子だって。
恵利子　私のこと、ほめてくれるのはうれしいけど、私は上田君のこと、ただの友達としか思ってないから。
康太郎　恵利子ちゃんて、本当に素直だね。
恵利子　ありがとう。

そこへ、勇也・サブリナ・理沙がやってくる。勇也は古いサイクリング車を押している。理沙は袋を持っている。

勇也　またおまえらか。今日は何の用だ。
康太郎　あんたに会いに来たんじゃない。タケシに会いに来たんだ。
勇也　タケシに何の用だ。
康太郎　あんたに答える義務はない。
恵利子　上田君、喧嘩はやめよう。（勇也に）この前来た時、轢き逃げ犯人を探してるって言いましたよね？　あの後もずっと探し続けて、府中市内の自動車整備工場を全部回ったんです。でも、見つからなかった。
勇也　せっかくの夏休みに、ご苦労なことだな。
恵利子　それで、もう一度ここに来たんです。犯人の車は、やっぱりここで修理したんじゃないかって。
勇也　俺は違うと言ったはずだ。
恵利子　私も一度は信用しました。でも、他の工場は中に入らせてくれたり、修理した車のリストを見せてくれたり、ちゃんとした証拠を提示してくれたんです。提示してくれなかったのは、この工場だけなんです。
勇也　リストが何の証拠になる。やばい仕事をわざわざ書くと思うか？
康太郎　じゃ、タケシはどうなんだ。あいつは、美香が入院してる病院に二回も来たんだぞ。
勇也　美香っていうのは、轢き逃げされた子か。
康太郎　ああ。頭の骨にヒビが入って、もう二十日も入院してるんだ。
恵利子　（勇也に）美香の家は、去年、お父さんが亡くなって、大変なんです。二十日以上も入院

康太郎　しちゃって、治療費が全部払えるかどうか。(勇也に) タケシは犯人のことを知ってるんだ。知ってるから、病院に来たんだ。本当のことが言いたくて。

康太郎が勇也の腕をつかむ。勇也が康太郎の手を振り払う。そこへ、タケシ・治男がやってくる。

治男　根本さん、暴力はやめてください。

勇也　まだ何もしてませんよ。坊主、こいつらはおまえに聞きたいことがあるそうだ。おまえが犯人を知ってるかどうか。

治男　タケシが犯人を？　まさか。

恵利子　(タケシに) 病院に来たのは何のため？　私たちに、犯人を教えたかったからじゃないの？

治男　どうなんだ、タケシ？

康太郎　(タケシに) 本当のことを言ってくれよ。おまえだって、美香が困ってることは知ってるだろう？

恵利子　ねえ、タケシ君。

勇也　坊主、俺に遠慮する必要はない。おまえが知ってることを正直に答えろ。

タケシ　(サブリナを見る)

サブリナ　(うなずく)

タケシ　僕が病院に行ったのは、母さんに会うためだったんだ。そうしたら、母さんが美香ちゃんに会えって。美香ちゃんに、『1973年のピンボール』の話を聞かせてもらえって。
恵利子　本当にそれだけ?
タケシ　(うなずく)
康太郎　根本は遠慮するなって言ったんだぞ。正直に話していいんだぞ。
タケシ　正直に話したよ。全部。
康太郎　タケシ。
恵利子　上田君、もういいよ。タケシ君を責めても、仕方ないことだし。(勇也に) お邪魔して、すいませんでした。(と歩き出す)
康太郎　恵利子ちゃん!

恵利子が去る。後を追って、康太郎も去る。

治男　大丈夫か、タケシ。
タケシ　(うなずく)
勇也　坊主、迷惑をかけてすまなかったな。
タケシ　(首を横に振る)
理沙　ごめんね、タケシ君。
治男　なぜあなたが謝るんです。

理沙　それは。
勇也　そんなことより、星野さん、これ。（と自転車を示す）
治男　そうでしたそうでした。ほら、これを見ろ、タケシ。自転車だぞ。根本さんがおまえにくれるってさ。
勇也　（タケシに）見ての通りの年代物だ。俺が中学に入る時、親父に買ってもらったんだ。もう十年以上も乗ってなかったが、俺がちゃんと整備した。よかったら、乗ってくれ。
理沙　（タケシに）それから、私からはこれ。（と袋の中から手袋を出して）サイクリング用の手袋。あと、ついでだったから、シャツも買ってきちゃった。（と袋の中からシャツを出して）一応、手袋の色と揃えてみたんだけど。
治男　よかったな、タケシ。ほら、ちゃんとお礼を言わないと。
タケシ　ありがとう。
治男　本当は俺が買ってやらなくちゃいけなかったのにな。三年ぐらい前から会社が危なくなってきて、おまえのことを気にする余裕がなかったんだ。悪かったな。
タケシ　（首を横に振る）
治男　じゃ、早速、練習を始めるか。倒れても怪我しないように、川原へ行こう。補助輪はないけど、かわりに俺が後ろを押さえててやるから。
理沙　さあ、タケシ君。

勇也・理沙・治男が去る。

サブリナ　どうして話さなかったんです？　ご主人様は話していいって言ったのに。

タケシ　そんなの口だけに決まってるじゃないか。船長は自転車を持っていた。僕に見せつけるように。

サブリナ　それはただの偶然です。

タケシ　船長は、本当はこう言いたかったんだ。話したら、自転車はやらないぞって。

サブリナ　ご主人様はそんなひどい人間じゃありません。犬の私にわかるのに、なぜ人間のあなたにわからないんです。

サブリナが去る。

11

タケシがダンボールの中から、リュックサックを取り出す。

真弓　それで、自転車にはすぐに乗れるようになったの？

タケシ　すぐってわけにはいきませんでした。何度も転んで、膝を擦りむいて、その日はやっと十メートルだけ。

真弓　凄いじゃない。私は小学二年だったけど、一週間ぐらいかかったよ。

タケシ　本当はもっと乗れるようになりたかったんですが、三時間ほど練習したところで、自転車が壊れたんです。

真弓　川に落ちたの？　木にぶつかったの？

タケシ　木じゃなくて、父にぶつかったんです。父が「ここまで来い」って言うから、必死でこいでいったんです。そうしたら、今度は「こっちに来るな」って。

真弓　慣れないから、スピードを出しすぎたのね？　で、お父さん、怪我は？

タケシ　父も僕も無事でした。でも、倒れた拍子に、前輪を支えている部分が石にぶつかって、グニャって曲がっちゃったんです。

真弓　古いから、弱くなってたんじゃないの？

タケシ　船長もそう言ってました。すぐに直してやるから心配するなって言われて、僕は練習を終わりにしたんです。そして、次の日、僕はまた一人で外出しました。

タケシがリュックサックを背負う。美香がやってくる。

美香　タケシ君、また来てくれたの？

タケシ　こんにちわ。（とリュックサックの中から本を取り出して）これ、おみやげです。最初に来た時も、次に来た時も、持ってこなかったから。

美香　小学生のくせに、気を遣っちゃって。（と受け取って）『風の又三郎』？

タケシ　兄にもらったんです。僕はもう読んじゃったから、どうぞ。

美香　おもしろかった？

タケシ　いいえ。でも、兄は「宮沢賢治は天才だ」って言ってたから、わかる人が読めば、きっとおもしろいと思います。

美香　ありがとう。私、読書はあんまり得意じゃないけど、試しに読んでみる。でも、退院するまでには読み終わらないだろうな。

タケシ　退院、決まったんですか？

美香　明後日だって。最初はほんの一週間て聞いてたのに、結局、三週間以上かかっちゃった。

タケシ　骨がなかなかくっつかなかったんですか？

美香　ううん。タケシ君にはちょっと難しいかもしれないけど、私、クモ膜下出血なんだって。何度も何度も検査したのは、手術をした方がいいかどうか、判断するためだったみたい。で、手術はしないことになったの。

タケシ　しなくて、大丈夫なんですか？

美香　大丈夫じゃなかったら、退院するもんですか。でも、どうせしないなら、もっと早く退院したかったな。

タケシ　入院費はどれぐらいかかったんですか？

美香　どうしてそんなこと聞くの？

タケシ　教えてください。どれぐらいかかったんですか？

美香　私もよく知らないけど、四十万ぐらいじゃないかな。

タケシ　四十万？　（真弓に）それは予想外の大金でした。まさか、母の給料の二カ月分だなんて。

真弓　大卒の初任給が十万ちょっとの頃だもんね。

そこへ、康太郎・恵利子がやってくる。

康太郎　あれ？　また来てたのか？　今日は一体何しに来たんだ。

美香　私に本を持ってきてくれたのよ。ほら。（と本を差し出す）

康太郎　（受け取って）これが本当の目的じゃないよな？　本当は、俺たちの様子を探りに来たんだろう？

美香　様子を探るって？
恵利子　（タケシに）私は昨日まで、君のことを信じてた。君は、根本さんや轢き逃げ犯人とは何の関係もないんだって。でも、それは間違いだった。君がここに来たのは、犯人を教えたかったからじゃない。根本さんに命令されたからよ。犯人探しがどこまで進んでるか、調べてこいって言われたのよ。
タケシ　違います。
恵利子　嘘をついても無駄よ。昨日、君は根本さんをかばった。私や上田君が必死で頼んだのに、本当のことを言わなかった。
タケシ　それは。
美香　やめてよ、恵利子。それ以上、タケシ君を苛めないで。
恵利子　私は苛めてなんかいない。美香のためを思って言ってるのよ。
美香　だったら、もう何も言わなくていいよ。恵利子の言ってることは、全部間違ってるんだから。
恵利子　どうしてそんなことがわかるのよ。美香はこの子のこと、何も知らないくせに。
美香　知らなくても、わかるよ。タケシ君の顔を見れば。タケシ君は嘘なんかついてない。この本だって、私に読ませたいって思ったから持ってきたのよ。そうでしょう、タケシ君？
タケシ　（美香に耳打ちする）
康太郎　おい、何を話してるんだ？　言いたいことがあるなら、堂々と言えよ。
タケシ　（恵利子に耳打ちする）
康太郎　こら、俺を無視するな。俺の質問に答えろ。

美香　かわりに私が答えてあげる。（と康太郎に耳打ちする）
康太郎　え？　何だって？　うん。うんうん。よし、わかった。
タケシ　それでは、始めます。僕が今日、ここに来たのは、康太郎君と恵利子ちゃんに謝るためなんだ。僕は昨日、嘘をついた。僕は犯人を知ってる。犯人は。

いつの間にか、サブリナが来ている。

サブリナ　（タケシの手を噛もうとする）
康太郎　今だ！

康太郎・恵利子がサブリナをつかむ。タケシがリュックサックの中から引き綱を取り出して、サブリナの首につける。そして、反対の端を手近の柱に結びつける。

康太郎　やった！　作戦成功だ！
サブリナ　（悔しがる）
真弓　そうか。本当のことを話そうとすると、必ずサブリナに噛まれるから。
タケシ　さすがのサブリナも、この作戦には気づかなかったようです。僕は三人にすべてを話しました。事故の翌日に、船長のお兄さんが車を持ってきたこと。轢き逃げ犯人は、お兄さんの知り合いらしいこと。

真弓　三人とも喜んだでしょう？
タケシ　ええ。そのかわり、サブリナは怒りましたが。
サブリナ　（怒る）
真弓　でも、ここから先が問題よね。だって、車の修理はとっくに終わっちゃってるわけでしょう？　ということは、証拠が何もないってことじゃない。
タケシ　ところが、証拠はあったんです。

タケシがリュックサックの中からラジカセを取り出し、ボタンを押す。

勇也の声　「待てよ。無理やり仕事を押しつけたのは、あんたの方だろう？」
芳樹の声　「しかし、おまえは引き受けた。今じゃ、おまえも事後従犯なんだよ」
真弓　そうか。この日は、サブリナの声を録音した日だったのね？
タケシ　サブリナと一緒にいる時は、ずっと録音状態にしてたんです。それがこんな形で役に立つとは思いませんでした。
真弓　三人とも喜んだでしょう？
タケシ　ええ。そのかわり、サブリナはさらに怒りましたが。
サブリナ　（さらに怒る）
タケシ　でも、僕はこのテープをすぐには渡しませんでした。渡すかわりに、約束してほしいって言ったんです。警察には持っていかないと。

真弓　どうして？

タケシ　僕が船長を裏切ったことがバレるからです。もしバレたら、僕の家族は工場の二階から追い出されてしまう。

真弓　そうか。でも、証拠がないと、警察は信じてくれないんじゃない？

タケシ　康太郎君も同じことを言いました。

康太郎　でも、証拠がないと、警察は信じてくれないんじゃないか？

恵利子　だったら、警察に行くのはやめよう。かわりに、根本さんのお兄さんに会いに行くのよ。会って、こう言うの。犯人の名前を教えてくれって。

康太郎　それって、つまり、根本の兄貴を脅迫するってこと？

恵利子　脅迫するんじゃなくて、お願いするの。教えてくれなければ、このテープは警察に持っていくぞって。

康太郎　やっぱり、脅迫してるように聞こえるけど。

恵利子　じゃ、他にどんな方法があるのよ。

美香　根本さんのお兄さんに会うの、私じゃダメかな？

恵利子　美香が？

美香　私が会って、頼むのよ。犯人の名前を教えてくださいって。

恵利子　そんなのおかしい。どうして美香が頼まなくちゃいけないのよ。悪いのは向こうの方なのよ。

美香　それはそうかもしれないけど、私はもう怒ってないんだ。地区大会には出られなくなったけど、体は何とか元通りになりそうだし。でも、問題は入院費なんだ。まさか、四十万も

恵利子　かかるなんて思ってなかったから。だから、かわりに払ってもらえると、助かるの。
美香　たったの四十万で、許すって言うの？
康太郎　私は、たったの四十万だなんて思わない。私にとっては大金だもの。
恵利子　おまえの気持ちはわからないでもないけど、根本の兄貴は会ってくれないんじゃないかな。
康太郎　玄関で追い返されるのがオチだ。
タケシ　じゃ、私たちも一緒に行こう。このテープを持って。
康太郎　それでも、結果は同じだよ。どうせ、相手になんかしてもらえない。だって、俺たち、高校生なんだぜ。ガキだと思われて、ナメられるに決まってるよ。
タケシ　じゃ、僕が行きます。
康太郎　何だって？
タケシ　僕が行って、船長のお兄さんをここに連れてきます。このテープ、あと一日だけ、僕に貸してください。
康太郎　おい、タケシ！

タケシが去る。後を追って、康太郎・恵利子・美香が去る。

サブリナ　こら！　私を置いていくな！

サブリナが柱から引き綱を外す。去る。

12

タケシが戻ってくる。

真弓　とんでもないこと、言い出したわね。高校生の康太郎君がナメられるって言ってるのに、なぜ小学生の君が？

タケシ　もちろん、僕じゃダメです。だいたい、僕がテープを持っていったら、僕が録音したことがバレてしまう。

真弓　じゃ、一体どうしたのよ。

タケシ　兄に頼んだんです。事情を全部打ち明けて。

博がやってくる。タケシが博にテープを差し出す。

博　なるほど。つまり、おまえは根本さんのお兄さんを脅迫したい。それを俺に手伝ってほしいって言うんだな？

タケシ　脅迫じゃなくて、お願いだよ。

博　おまえがいくらそう言っても、向こうは脅迫って受け取るだろう。俺は来週、教員採用試験を受けるんだぞ。その俺に、脅迫を手伝えって言うのか？
タケシ　やっぱり、ダメ？
博　（テープを取って）誰がダメって言った。美香ちゃんて子は入院費が払えなくて、困ってるんだろう。これから高校教師になろうって男が、困ってる高校生を放っておけるもんか。
タケシ　ありがとう、兄さん。
真弓　へえ、あのまじめなお兄さんが引き受けるとはねえ。
タケシ　僕は兄に、美香ちゃんのお兄さんのフリをしてほしいと言ったんです。それが意外と気に入ったみたいで。
真弓　お兄さん、演劇をやってたんだもんね。
タケシ　劇作家になるのは諦めたけど、やっぱりお芝居は大好きだったんです。その夜、兄は船長のお兄さんの家に電話しました。

博が電話をかける。遠くに、理沙が現れる。

理沙　（受話器を取って）はい、根本ですが。
博　私、大沢美香の兄で、大沢又三郎と申します。芳樹さんはご在宅でしょうか。
理沙　はい、少々お待ちください。（と受話器を押さえて）あなた、電話。

遠くに、芳樹が現れる。

芳樹　誰から？

理沙　大沢又三郎って人。知ってる？

芳樹　いや。（と受話器を取って）はい、根本ですが。

博　初めまして。私、大沢又三郎と申します。三週間前の七月三十一日、府中市内の交差点で轢き逃げ事故に遇った、大沢美香の兄です。

芳樹　その大沢さんが、私に何の用です。

博　会って、話がしたいんです。明日、時間を取ってもらえませんか。

芳樹　申し訳ありませんが、明日は人に会う約束がありましてね。

博　そこを何とか。実は、あなたに見てもらいたい物があるんです。

芳樹　一体何です。

博　証拠です。事故の翌日、あなたは弟さんの工場に犯人の車を持っていった。そのことを証明する、物的証拠です。警察に持っていく前に、ぜひあなたに見てもらいたいんです。

芳樹　ちょっと待ってください。あなたは何か誤解しているようだ。確かに、私は弟の工場に車を持っていった。しかし、その車は。

博　明日の午後、府中市内の紅葉丘病院まで来てください。詳しい話はその時に。

芳樹　紅葉丘病院？

博　妹が入院している病院です。妹はクモ膜下出血なんです。

博が電話を切る。去る。芳樹が受話器を置く。

理沙　誰だったの、今の人？
芳樹　先月、轢き逃げ事故に遇った、大沢美香って子のお兄さんだ。明日の午後、紅葉丘病院に来てくれって。
理沙　行くんでしょう？
芳樹　冗談じゃない。俺は美香なんて子には一度も会ったことがないんだ。
理沙　勇也さんの工場に持っていった車、あなたの知り合いの人が自分の家の塀にぶつけたって言ったよね？　それは本当？
芳樹　なぜそんなことを聞くんだ。
理沙　私は本当のことが知りたいの。だから、正直に話して。

芳樹が去る。

理沙　あなた！

理沙が去る。

タケシ　次の日の午後、僕は兄と一緒に病院へ向かいました。

そこへ、勇也・サブリナがやってくる。勇也は自転車を押している。

勇也　坊主、自転車、直しておいたぞ。乗っていけ。
タケシ　今日はいいです。今日は兄と出かけるんで。
勇也　映画にでも連れてってもらうのか？
タケシ　ええ、まあ。

そこへ、博がやってくる。

博　待たせたな。行こう。
勇也　（タケシに）おみやげ、楽しみにしてるからな。

勇也・サブリナが去る。自転車は置いていく。

タケシ　サブリナは僕の顔を疑わしそうな目つきで見ていました。
真弓　また後からついてくるんじゃない？
タケシ　ついてきても、もう止められません。僕らは病院に着くと、ロビーで待ちました。船長のお兄さんがやってきたのは、三時すぎでした。

芳樹がやってくる。タケシが物陰に隠れる。

博　根本さんですね？

芳樹　ええ。

博　大沢です。わざわざ来てもらって、すいません。早速ですが、妹に会ってやってくれませんか。

芳樹　妹さんに？

博　今、屋上にいると思います。私はここで待ってますから。

芳樹が去る。反対側に、博が去る。

タケシ　僕は先回りして、屋上に行きました。美香ちゃんに話をするために。

真弓　そう言えば、美香ちゃんにお兄さんはいるの？

タケシ　いません。だから、話を合わせなくちゃと思ったわけです。

美香がやってくる。

タケシ　美香ちゃん、連れてきたよ、船長のお兄さんを。
美香　タケシ君が？
タケシ　僕一人じゃ無理だから、兄さんに手伝ってもらっちゃった。
美香　兄さんて、根本さんの？
タケシ　違うよ。僕の兄さんだよ。でも、船長のお兄さんには、美香ちゃんのお兄さんだって言ったんだ。だから、話を合わせてね。
美香　誰が誰のお兄さんだって？
タケシ　だから、僕の兄さんが美香ちゃんのお兄さんで。あ、船長のお兄さんが来た。

そこへ、芳樹がやってくる。タケシが物陰に隠れる。

芳樹　君が大沢美香さん？
美香　ええ。あなたは。
芳樹　僕は根本芳樹。弁護士をしています。
美香　犯人の車を工場に持ってきた人ですね？
芳樹　そのことなんだけど、君のお兄さんは何か誤解をしているようだ。確かに、僕は弟の工場に車を持っていった。しかし、その車は別に事故を起こしたわけじゃない。僕のクライアントが自宅の塀にぶつけただけなんだ。だから、君の事故とは何の関係もないんだ。
美香　じゃ、どうして私に会いに来たんですか？

芳樹　誤解されたままじゃ、困るからさ。で、体の具合はどうなの？　お兄さんはクモ膜下出血って言ってたけど。

美香　とりあえず、普通に生活してれば、大丈夫だそうです。また事故に遇って、同じ所を強く打たない限り。

芳樹　そうか。よかった。でも、せっかくの夏休みが台無しになっちゃったね。

美香　本当に台無しです。プールにも映画にも行けなくなって、地区大会にも出られなくなって。最後の夏休みなのに。最後の夏休みなのに。

芳樹　そうか。君は三年生なのか。

美香　もし犯人に会ったら、伝えてください。せめて入院費だけでも払ってくださいって、私が言ってたって。

芳樹　それは無理だ。僕は犯人を知らない。

美香　そうでしたね。すいません。

芳樹　じゃ、僕はこれで。

芳樹が去る。反対側に、美香が去る。

タケシ　僕は先回りして、ロビーに行きました。兄に話をするために。

博がやってくる。

博　どうだった、タケシ。

タケシ　船長のお兄さんは最後まで認めなかった。やっぱり、お金を払うつもりはないんだ。

博　いや、まだわからないぞ。このテープを見せれば、気が変わるかもしれない。

タケシ　頑張ってよ、兄さん。

そこへ、芳樹がやってくる。タケシが物陰に隠れる。

博　根本さん、妹には会ってもらえましたか。

芳樹　ええ。お元気そうで、安心しました。しかし、私がここへ来たのは、妹さんのお見舞いをするためじゃない。あなたの誤解を解くためです。

博　誤解って？

芳樹　だから、昨日、電話で言った通り。

そこへ、理沙がやってくる。

芳樹　理沙、何しに来たんだ。

理沙　お金を持ってきたの。治療費に使ってもらおうと思って。

博　失礼ですが、根本さんの奥さんですか？

芳樹　（理沙に）おまえは家に帰れ。この人とは、俺が話をする。
理沙　また誤解だって言うつもり？
芳樹　当たり前だ。実際、誤解なんだから。
理沙　あなた、これ以上、嘘をつくのはやめて。あなたのせいで、一人の女の子が大怪我をしたのよ。普通だったら、警察に捕まって当然なのよ。
芳樹　理沙。
博　それじゃ、車を運転してたのは。
理沙　妹さんには本当に申し訳ないことをしました。いくら謝っても、許してもらえるとは思いません。でも、この人は弁護士なんです。弁護士が警察に捕まったら、二度と仕事ができなくなるんです。とりあえず、五十万、用意してきました。足りなかったら、言ってください。すぐってわけにはいきませんが、できるだけのことをするつもりです。
博　それは本人と相談してからです。今日は五十万で結構です。
理沙　わかりました。（と封筒を差し出す）
博　（受け取って）これ、電話で言った、証拠です。（とテープを差し出す）
芳樹　（受け取って）これだけですか？
博　これだけです。わざわざ来てもらって、ありがとうございました。

芳樹・理沙が去る。そこへ、タケシがやってくる。

博　まさか、奥さんまで来るとはな。予想外の展開で、緊張したぞ。
タケシ　そのお金、美香ちゃんに渡してくる。（と封筒を取る）
博　俺も会っていこうかな。
タケシ　いいよ、会わなくて。
博　芝居をしてるうちに、何だか本当の妹みたいな気がしてきちゃってな。会って、「頑張れよ、美香」って言ってやりたくなったんだ。
タケシ　そんなこと言ったら、美香ちゃんがビックリするよ。いいから、早く帰って。

博が去る。

タケシ　僕はすぐに屋上に行きました。

美香がやってくる。

タケシ　美香ちゃん、入院費が手に入ったよ。船長のお義姉さんが払ってくれたんだ。はい、四十万。（と封筒を差し出す）
美香　（受け取って）四十万も？
タケシ　驚いちゃダメだよ。犯人は船長のお兄さんだったんだ。さっき、ここに来た。
美香　やっぱり。

タケシ　え？　美香ちゃん、気づいてたの？

美香　何となく、そう思ったの。だって、あの人、ひどく苦しそうだったから。

そこへ、博・康太郎・恵利子がやってくる。

康太郎　タケシ、やったな。

恵利子　根本さんのお義姉さんが入院費を払ってくれたんだって？　凄いじゃない。

タケシ　兄さん、どうして帰らなかったの？

博　バス停に行く途中で、こいつらに会ったんだ。おまえ、こいつらには何も話してなかったんだな。

恵利子　（タケシに）いきなり聞いて、びっくりしたわ。まさか、五十万も払ってくれるなんて。

博　どうした、タケシ。なぜ黙ってるんだ。

タケシが走り去る。

博　おい、タケシ！

康太郎　おかしなヤツだな。いきなり逃げ出しやがって。

美香　恵利子、今、なんて言った？　根本さんのお義姉さんはいくら払ってくれたって？

恵利子　五十万でしょう？　さっき、タケシ君のお兄さんからそう聞いた。

美香　（封筒を差し出して）でも、タケシ君はさっき、四十万て。
博　（ひったくって）そんなバカな。あの人は確かに。（と札を数える）
康太郎　まさか、タケシが？
博　あのバカやろう。タケシ！

博・康太郎が走り去る。恵利子・美香も去る。

13

芳樹・理沙がやってくる。

芳樹　勇也！　勇也！

そこへ、勇也・サブリナがやってくる。

勇也　なんだ、大きな声を出して。
芳樹　（テープを差し出して）このテープに見覚えはあるか。
勇也　いや。何が入ってるんだ。
芳樹　俺とおまえの声だ。俺が車を引き取りに来た時、おまえとした会話が入ってる。録音したのはおまえだな？
勇也　バカを言うな。俺が何のために。
芳樹　俺を陥れるためにだ。おまえはこれをいくらで売った。五十万か、百万か。
勇也　ちょっと待て。俺はそんな物、売ったこともないし、買ったこともない。大体、自分の声

芳樹　が入ってる物を、他人に売ると思うか？
勇也　じゃ、他に誰が録音したって言うんだ。あの時、ここにいたのは、おまえと俺と理沙の三人だけだ。
理沙　いや、他にもう一人いた。
　　　タケシ君のこと？　でも、まさかあの子が。

そこへ、博・康太郎・恵利子がやってくる。

博　根本さん、タケシは帰ってますか？
理沙　あれ、あなたは。
勇也　（博に）俺は見てない。たった今まで、工場にいたから。
博　そうですか。（康太郎・恵利子に）じゃ、俺は二階を見てくる。
芳樹　ちょっと待ってくれ。君がどうしてここにいるんだ。
博　悪いけど、後にしてくれ。俺は忙しいんだ。

博が去る。

理沙　（勇也に）今の人は？
勇也　坊主の兄貴だ。

芳樹　何だと？
理沙　それじゃ、テープを録音したのは、やっぱりタケシ君だったのね？
勇也　何が何だか、さっぱりわからないな。そのテープがどうしたって言うんだ。
恵利子　タケシ君がそのテープをあなたのお兄さんに売ったんです。五十万で。
勇也　なるほど。（芳樹に）それでいきなり怒鳴り込んできたわけか。
芳樹　おまえは何も知らなかったのか。
勇也　ああ。知っていれば、もっと高く売りつけろと言ったはずだ。（恵利子に）おまえらも知らなかったのか。
恵利子　ええ。
康太郎　（勇也に）タケシは五十万のうち、四十万を美香に渡した。そして、残りの十万を持ち逃げしたんだ。
勇也　へえ、あいつにそんな度胸があったとはな。

そこへ、博・治男がやってくる。

治男　根本さん、あなたは本当にタケシを見てないんですか？
勇也　ええ。（康太郎に）坊主を最後に見たのはどこだ。
康太郎　紅葉丘病院です。今から三十分ぐらい前。
勇也　（治男に）星野さん、坊主が行きそうな所は？

治男　ここに以外に行く所なんて。
博　所沢の伯母さんの家は？
治男　よし、俺は親戚の家に片っ端から電話してみる。おまえは駅に行ってくれ。
恵利子　私たちも行きます。

博・治男・康太郎・恵利子が去る。

勇也　（芳樹に）弁護士が小学生に騙されるとはな。
理沙　でも、タケシ君はどうして持ち逃げなんてしたのかしら。まさか、最初からそうするつもりで。
勇也　その可能性はあるな。（芳樹に）ところで、坊主が見つかったら、どうするつもりだ。金を取り返して、後はまた知らんぷりか。
理沙　美香っていう子に渡す。もう一度会いに行って、ちゃんと謝るわ。
勇也　（芳樹に）俺はあんたに聞いたんだ。
芳樹　謝る。謝って、できるだけのことをする。
勇也　じゃ、俺も謝るとするか。何しろ、俺も事後従犯だからな。サブリナ。

勇也が自転車の上に置いてあった手袋を取り上げ、サブリナに差し出す。サブリナが匂いを嗅ぎ、うなずく。勇也・サブリナが去る。

理沙　勇也さんは知ってたのね。事故を起こしたのはあなただって。
芳樹　あの車はうちの事務所の車だ。調べれば、すぐにわかることだ。
理沙　でも、勇也さんは知らないフリをした。それは、あなたが勇也さんのお兄さんだからよ。
芳樹　わかってるよ。俺はそれを利用しようとしたんだ。結局は失敗したが。
理沙　じゃ、勇也さんにも謝らないとね。大丈夫よ。私も一緒に謝ってあげるから。

芳樹・理沙が去る。反対側から、タケシがやってくる。

タケシ　病院を飛び出すと、僕は多摩川に向かって走り出しました。
真弓　何しに行ったの？
タケシ　別に何も。ただ無性に川の流れが見たかった。それだけです。僕は川原へ下りると、上流に向かって歩き出しました。府中市を出て、国立市・立川市・昭島市を過ぎて、福生市に入ったあたりで、日が暮れてきました。歩き疲れた僕は、川原に腰を下ろして、流れを見つめました。

サブリナがやってくる。

サブリナ　ずいぶん歩きましたね。このまま奥多摩湖まで行くつもりですか。

タケシ　……。

サブリナ　それなら、こんな所で休んでいる暇はない。急がないと、今日中に辿り着けませんよ。

タケシ　……。

サブリナ　いっそのこと、タクシーで行ったらどうです。何しろ、あなたはお金持ちなんだから。さあさあ、通りへ出て、タクシーを拾いましょう。

タケシ　うるさい。

サブリナ　せっかく手に入れたお金を、タクシーなんかに使うのはイヤですか。じゃ、何だったらいいんです。あなたは、何のために、お金を手に入れたんです。

タケシ　うるさい。

サブリナ　言いたくないなら、言わなくてもいい。しかし、あなたの計画はすべて失敗した。今のあなたには、二つの道しか残されていないんです。このまま奥多摩湖まで行って水の中に飛び込むか、みんなに謝ってお金を返すか。

タケシ　なんて謝ればいいんだよ。（とポケットから札束を出して）僕はこのお金を盗んだんだ。僕は泥棒なんだ。

サブリナ　今さら何を言ってるんです。それは、あなたがやりたくてやったことでしょう。

タケシ　そうだよ。君がよく考えろって言ったから、よく考えたんだ。僕が本当にしたいことは何なのか。僕が本当にしたいことは何なのか。

そこへ、勇也がやってくる。

勇也　坊主、今、誰と話をしていた。サブリナとか。
タケシ　……。
勇也　おまえはサブリナと話をしていた。正直に認めたらどうだ。
タケシ　……。
勇也　俺が小学六年の時だから、今から十八年も昔の話だ。近所の家から、犬をもらった。その犬が、ある日、俺に話しかけてきたんだ。
タケシ　……。
勇也　その時、俺は左足を骨折して、一人で家にいた。骨折したのは、工場で遊んでる最中に、タイヤの上から落ちたからだ。おかげで、どこにも遊びに行けなくなった。階段に座って、ボーッとしてたら、声がしたんだ。「暇なら、本でも読んだらどうです」って。
タケシ　……。
勇也　その犬と話をしたのは、その一回だけだ。次の日に話しかけたら、無視された。だから、俺は親父にも兄貴にも話さなかった。自分でも、夢だったのかもしれないと思うようになって、いつの間にか忘れてしまった。おまえが、「サブリナがしゃべった」と言い出すまで。
タケシ　……。
勇也　ここへ来る時、サブリナの声が聞こえた。残念ながら、俺の耳には吠えてるようにしか聞こえなかった。が、おまえの耳には言葉に聞こえた。俺はそれを信じる。いいか、坊主。

タケシ　俺はおまえを信じるんだ。
勇也　船長。おまえが金を盗んだのは、何か目的があったからだ。遊ぶ金がほしくて盗んだんじゃない。確かに、盗みは悪いことだ。しかし、世の中に取り返しのつかないことなんか一つもないんだ。俺の兄貴も、美香って子に謝るって言ってる。もちろん、俺も謝る。だから、おまえも謝ったらどうだ。
タケシ　え？
勇也　ほしかったんです。
タケシ　ノーチラス号がほしかったんです。
勇也　ノーチラス号って、潜水艦か？
タケシ　自転車です。僕だけの、新しい自転車です。ノーチラス号って名前をつけて、行きたい所に行きたかったんです。自由に。
勇也　自由に？
タケシ　ネモ船長みたいに、自由に。
勇也　坊主。俺は、ネモ船長が自由だとは思わない。
タケシ　……。
勇也　確かに、ネモ船長は海の中では自由だ。どこでも行きたい所に行ける。が、海の外はどうだ。ノーチラス号は空を飛べるか。陸を走れるか。
タケシ　……。

勇也　自由になりたかったら、ノーチラス号なんかに乗ろうと思うな。おまえ自身が自由になるしかないんだ。
タケシ　……。
勇也　俺のこと、船長って呼ぶのは、ネモ船長から取ったのか。
タケシ　（うなずく）
勇也　俺は根本勇也だ。これからは、根本さんて呼べ。そのかわり、俺も二度と坊主とは呼ばない。これからは、タケシと呼ぶ。
タケシ　……。
勇也　タケシ、俺と一緒に帰ろう。
タケシ　……。
サブリナ　タケシ君、帰りましょう。
タケシ　（うなずく）

タケシ・勇也・サブリナが去る。

14

康太郎・恵利子・美香がやってくる。美香は私服を着て、頭と右足に包帯を巻いて、松葉杖をついている。

康太郎　すいません。すいません。

そこへ、治男がやってくる。

治男　はいはいはいはい。なんだ、またおまえらか。
美香　こんにちわ。
治男　あれ？　君は美香ちゃんじゃないか。なぜ君がここへ？
美香　タケシ君の見送りに来たんです。夕方、出発するって聞いたんで。
治男　申し訳ないな、タケシなんかのために。あいつは君にひどい迷惑をかけたのに。
美香　タケシ君は何度もお見舞いに来てくれました。だから、そのお返しです。
治男　優しいんだね、美香ちゃんは。（康太郎に）おまえってヤツは、女を見る目が全然ないな。

康太郎　俺だったら、恵利子ちゃんより美香ちゃんに惚れるぞ。
治男　おじさん。わかってるわかってる。大人になれば、失恋だっていい思い出だ。

そこへ、タケシ・博・佐知子がやってくる。タケシはリュックサックを背負っている。

佐知子　お待たせ。（恵利子に）あれ？　あなたたち、本当に来てくれたの？　タケシ君に、これを渡そうと思って。（と袋を示す）
恵利子　何？
佐知子　本です。（タケシに）一人一冊ずつ買ったんだ。暇な時に読んで。
タケシ　（受け取って）ありがとう。
治男　よかったな、タケシ。他に、何か忘れ物はないか？
博　もう何度も確かめたよ。（タケシに）来た時より、大分荷物が増えたな。リュックがパンパンだ。
佐知子　秋用と冬用の服を買ったからね。（タケシに）足りなかったら、電話で言うのよ。すぐに買って、送るから。
治男　（タケシに）そうそう。この自転車を忘れるなよ。今度来た時、新しいのを買ってやるから、それまでこれで我慢するんだ。
博　（タケシに）今度来るのは、冬休みか。二学期の成績、期待してるぞ。

治男　（タケシに）問題は図画工作だな。何とか三になるといいんだけど。
佐知子　大丈夫よ。夏休みの宿題があんなに凄いんだから。
真弓　夏休みの宿題って？
タケシ　ノーチラス号。ブリキの潜水艦です。根本さんに手伝ってもらって、一週間で作り上げたんです。

そこへ、勇也とサブリナがやってくる。勇也はダンボールを持っている。

勇也　準備はいいですか。
佐知子　はい。本当にすいません。荷物がこんなに増えると思わなかったんで。
勇也　気にしないでください。半分以上は俺の責任ですから。タケシ、このダンボールを持ってくれ。俺は自転車を運ぶ。（とダンボールを差し出す）
タケシ　（受け取って）うん。
勇也　じゃ、そろそろ出発するか。
康太郎　タケシ、元気でな。
恵利子　（タケシに）また冬休みに会おうね。
美香　（タケシに）その頃には歩けるようになってるだろうから、一緒に遊びに行こうね。
博　（タケシに）予習復習はちゃんとやれよ。
治男　（タケシに）勉強も大切だけど、友達と遊ぶのはもっと大切だぞ。

佐知子　タケシ。（と泣く）
治男　バカ。泣くヤツがあるか。冬休みなんて、ほんの四カ月先だ。話がしたかったら、毎日電話すればいいいんだ。
佐知子　（タケシに）電話するからね。毎日するからね。
タケシ　（うなずく）
勇也　タケシ。
タケシ　（みんなに）さよなら。みんな、さよなら。

タケシ・勇也・サブリナが歩き出す。と、三人が立ち止まる。

タケシ　僕は根本さんのピックアップ・トラックに乗って、所沢の伯母の家に帰りました。こうして、僕の夏休みは終わりました。今から十八年前の八月三十一日のことです。

勇也・サブリナ・博・治男・佐知子・康太郎・恵利子・美香が去る。

真弓　一つ質問してもいい？
タケシ　どうぞ。
真弓　根本さんは、「ノーチラス号なんかに乗ろうと思うな」って言ったよね？　それなのに、これを作るのを手伝ってくれたの？（と潜水艦を示す）

タケシ　ノーチラス号を作ろうって言い出したのは、根本さんなんです。自分の手で作って、自分の手で捨てろって。

真弓　自分の手で捨てろ？

タケシ　ネモ船長は、なぜ陸の生活を捨てて、海の中へと潜ったのか。その理由は、本の中にははっきり書いてありません。が、ヒントは出てくる。ネモ船長の船室には、奥さんと娘さんらしい人の写真が飾ってあるんです。それなのに、ノーチラス号の中には二人の姿がない。

真弓　わかった。二人は亡くなったのね？

タケシ　たぶん、戦争で死んだんです。いや、殺されたんです。

真弓　じゃ、ネモ船長はその悲しみから逃れるために？

タケシ　根本さんはこう言いました。おまえの悲しみや苦しみを、この潜水艦の中に詰め込め。そして、海の底に沈めろって。

真弓　海の底に？

タケシ　正確には、湖です。先生が点数をつけて返してくれたら、僕らはもう一度、奥多摩湖に行くことにしたんです。湖の底に、この潜水艦を沈めるために。

真弓　でも、結局は沈めなかったのね？

タケシ　沈められるもんですか。この中には、十二歳の僕が感じていた、いろんな思いが詰まってる。これは、僕の十二歳の夏休みそのものなんです。

真弓　そうか。これは十二歳の君なんだ。

タケシ　これで話は終わりです。さあ、感想を聞かせてください。三作目のネタにはなりそうですか？

真弓　その答えはもう出てるんじゃない？

タケシ　え？

真弓　君はこの話を書きたいの？　書きたくないの？　もし書きたいと思ってるなら、書くべきよ。

タケシ　それじゃ、森さんは最初から。

真弓　いい編集者っていうのはね、ネタのよしあしなんか考えないの。その作家がどれだけ書きたいと思っているか。その思いを見極めるのがプロなのよ。その作家が本当に書きたい物を書いたとするでしょう？　それで売れたら万々歳。もし売れなくても、後悔せずに済むじゃない。

タケシ　本当に後悔しませんか？

真弓　ちょっとする。でも、売れなかったら、四作目で頑張ればいいのよ。

チャイムの音。

真弓　あ、トラックが着いたんじゃない？

タケシ　（玄関に向かって）ドア、開いてますよ。勝手に入ってください。

真弓　（時計を見て）もう五時過ぎじゃない。いくら何でも、二時間の遅刻はひどすぎない？

タケシ　でも、ちょうど話が終わったところじゃないですか。ただし、荷作りは全然終わってない

けど。

真弓　こうなったら、運送屋さんにも手伝ってもらっちゃおうか。

タケシ　運送屋さんて？

真弓　トラックの運転手よ。

タケシ　森さん、それは勘違いです。トラックを運転してきたのは運送屋さんじゃなくて。

そこへ、勇也とサブリナ三世がやってくる。

勇也　タケシ、遅くなって悪かったな。

真弓　（タケシに）その人、もしかして。

タケシ　そうです。根本さんです。

真弓　（勇也に）初めまして。花川書房の森真弓です。

勇也　どうも。根本勇也です。

サブリナ三世が潜水艦に歩み寄る。

勇也　なんだ、タケシ。おまえ、まだ持ってたのか、この潜水艦。

真弓　（タケシに）ねえ、この犬はサブリナ？

タケシ　いいえ、サブリナの孫です。名前はサブリナ三世。

勇也　それにしても、久しぶりだな、タケシ。
タケシ　ここに引っ越してきた時、手伝ってもらって以来だから、八年ぶりですね。
勇也　（サブリナ三世を示して）こいつも、もう十二歳だ。
タケシ　僕がサブリナに初めて会った時と同じ年だ。（とサブリナ三世に）相変わらず元気そうだな、サブリナ三世。
サブリナ三世　そういうあなたも元気そうですね、タケシ君。

タケシ・真弓・勇也が笑う。サブリナも笑う。

〈幕〉

あとがき

『クロノス』は、オリジナル作品ではなく、小説を脚色したもの。原作の小説は、梶尾真治さんの連作短編集『クロノス・ジョウンターの伝説』（朝日ソノラマ刊）の中の一作目「吹原和彦の軌跡」だ。

一九七二年一月、小学四年生だった僕は、NHKの少年ドラマシリーズの第一作、『タイム・トラベラー』に出会い、すっかりタイムトラベルものに魅せられてしまった。それ以来、タイムトラベルものと呼ばれるものは、片っ端から読んできた。その中でも、飛び抜けておもしろいと思ったのが、西はロバート・A・ハインラインの『夏への扉』、そして、東は梶尾真治先生の『クロノス・ジョウンターの伝説』だった。

今、先生と書いたのは、小説の舞台化に当たり、ご本人に直接お願いしようと思い、現在お住まいになっている熊本にお邪魔して、お話をさせていただいてからというもの、すっかりそのお人柄に心服し、勝手に弟子入りしたつもりでいるから。幕末、熊本には横井小楠という人がいて、その博覧強記と世界を見つめる目の確かさから、多くの勤皇の志士に慕われ、かの坂本竜馬までが教えを請うため、会いに行った。もちろん、熊本まで。

こう書くと、「梶尾先生が横井小楠で、自分が坂本竜馬ってつもりか?」と文句を言われそうだが、もちろん、そこまで自惚れてはいない。が、青雲の志を抱く者の前には、しばしば老賢人とも言うべき師が現れ、行くべき道を指し示してくれるもので、その時、僕は四十三歳だったが、まさに「師現る！」と感動したのだ。

僕より十四歳も年上であるにもかかわらず、威張らず、もったいつけず、終始ニコニコ。お酒とおいしい料理とおしゃべりが大好きで、一緒にいると、とにかく笑いっぱなし。おしゃべりの中身も、悪口や批判の類は一切なし。自分がおもしろいと思った小説、映画を挙げ、そのおもしろさを褒めちぎる。その語り口は抜群のおもしろさで、下手をすると実際に読むより楽しめる。

何より凄いと思ったのは、ご自分が今、書いている作品を語る時で、実にうれしそうな顔で、「おもしろいですよー」を連発する。こうまで明るく言われてしまうと、むしろ清々しく、「ああ、自分もいつかはこんなふうに、自分の作品が褒められるようになりたい」と思ったものだ。

と、ここまで書いて、ちょっと反省している。この文章を読んでいる人の中には、梶尾先生のことを、好々爺のように思った人がいるのではないか。老賢人などと書いてしまった、僕も悪い。梶尾先生は大の映画好きで、「九州で公開された新作映画は全部見ている」と豪語なさる。実際、地元だけでなく、福岡まで足を伸ばし、見まくっておられるようだ。趣味は山登りで、朝から執筆を始めて、その日の予定の枚数が書き上がると、近所の山へ向かう。『OKAGE』や『未来のおもいで』に出てくる山は、みんな、梶尾先生が普段から登りつけている山。

というように、梶尾先生は身も心も若々しい。デビュー作の『美亜へ贈る真珠』以来、梶尾先生の書く小説の主人公は一貫して青年（もしくは若い女性）で、そこで描かれる恋愛は初々しく、その描写は瑞々しい。つまり、梶尾文学は青春の文学なのだ。老賢人とは言っても、けっして仙人みたいに悟ったようなことは言わない。仙人ならば、亀仙人。名作『ドラゴンボール』に登場する、サングラスをかけて、バミューダ・パンツを履いて、若いギャルのおっぱいを追い駆け回る亀仙人こそが、梶尾先生のイメージに最も近い。……とすると、僕は孫悟空か、はたまたクリリンか。

さて、こんな梶尾先生との出会いから始まって、僕は『クロノス』を無事に書き上げ、キャラメルボックスでの上演までにこぎつけた。梶尾先生は神戸公演と東京公演に、合計三回も見に来てくださり、「おもしろかった」と言ってくださった。お客さんの拍手はもちろんうれしいが、原作者のお褒めの言葉はまた格別。宮沢賢治がどんなに好きで、どんなに一生懸命芝居にしても、見にきて、褒めてはくれない。キャラメルボックスを作って、今年で二十一年目になるが、これほどうれしかったことはない。

『クロノス・ジョウンターの伝説』という小説に出会えたこと。そして、梶尾真治という人に出会えたこと。これは、二十年間、芝居を続けた僕への、神様からのご褒美だったのかもしれない。

『クロノス』は、キャラメルボックスのクリスマス・ツアーとして、二〇〇五年の十一月から翌年の一月まで上演された。その時、多くのお客さんから、「脚本がほしい」というご要望をいただき、梶尾先生にご相談申し上げたところ、快く承諾してくださり、今回の出版と相成った。もしまだ原作の小説を読んでいないなら、すぐに本屋に走った方がいい。ストーリーは変わらないが、より深い感動が味わえるだろう。

『さよならノーチラス号』は、キャラメルボックスのサマー・ツアーとして、一九九八年の七月から八月まで上演された。僕は私小説の作家ではないので、滅多に自分自身のことは書かないが、この作品は『ハックルベリーにさよならを』以来二作目となる、私劇。僕が大学四年の時に経験したことが、かなり忠実に描かれている。もちろん、僕は人の言葉を話す犬とは会ってないが。読んで気づいた人も多いだろうが、主人公の「タケシ」の兄である「博」は、まさに僕そのもの。あの時、僕が感じた思いが、この作品の原動力になった。出来不出来を別にすると、やはりこの作品と『ハックルベリーにさよならを』には、特別の思い入れがある。最愛の二作と言っていい。

『クロノス・ジョウンターの伝説』に惚れ込んだ僕は、梶尾先生に「吹原和彦の軌跡」の舞台化を許可していただくと、すかさず、残りの二作、「布川輝良の軌跡」と「鈴谷樹里の軌跡」もやらせてください、とお願いした。もちろん、熊本の亀仙人は快諾。タイトルを『あしたあなたあいたい』『ミス・ダンデライオン』として、キャラメルボックスで上演する運びとなった。この文章を書いている今、稽古の真っ最中。約一カ月後には、初日の幕が大阪で揚がる。梶尾先生には、大阪の初日に行きますからね、と言われている。うーん、プレッシャーだ……。

まだまだケツの青い僕は、梶尾先生に向かって、「おもしろいですよー」とは言えなかった。いつか、言える日を目指して、精進精進。

二〇〇六年二月二十八日、『賢治島探検記』千秋楽の翌日、東京にて

成井　豊

『クロノス』

上演期間	2005年11月9日～2006年1月15日
上演場所	新神戸オリエンタル劇場
	池袋サンシャイン劇場
	横浜BLITZ

CAST

吹原和彦	菅野良一
蕗来美子	岡内美喜子
頼人	畑中智行
さちえ	藤岡宏美
海老名	坂口理恵
中林	左東広之
野方	西川浩幸
藤川	細見大輔
津久井	前田綾
圭	温井摩耶
辻堂	三浦剛
鈴谷	岡田さつき
久里浜	實川貴美子
足柄	筒井俊作

STAGE STAFF

演出	成井豊
演出補	石川寛美，白井直
脚本助手	隈部雅則
美術	キヤマ晃二
照明	黒尾芳昭
音響	早川毅
振付	川崎悦子
殺陣	佐藤雅樹
照明操作	勝本英志，熊岡右恭，穐山友則
スタイリスト	丸山徹
ヘアメイク	武井優子
小道具	高庄優子
大道具	C-COM，㈲拓人
舞台監督助手	桂川裕行
舞台監督	村岡晋，矢島健，二本松武

PRODUCE STAFF

製作総指揮	加藤昌史
宣伝デザイン	ヒネのデザイン事務所＋森成燕三
宣伝写真	山脇孝志，岸圭子
舞台写真	伊東和則
企画・製作	（株）ネビュラプロジェクト

上演記録

『さよならノーチラス号』

上演期間	1998年7月8日～8月23日
上演場所	新神戸オリエンタル劇場 池袋サンシャイン劇場

CAST

タケシ	西川浩幸
真弓	真柴あずき
勇也	上川隆也
サブリナ	坂口理恵
芳樹	岡田達也
理沙	岡田さつき
博	大内厚雄
治男	近江谷太朗
佐知子	中村恵子
康太郎	南塚康弘
恵利子	岡内美喜子
美香	小川江利子，浅岡陽子

STAGE STAFF

演出	成井豊
演出助手	白坂恵都子
美術	キヤマ晃二
照明	黒尾芳昭
音響	早川毅
振付	川崎悦子
殺陣	佐藤雅樹
照明操作	勝本英志
スタイリスト	小田切陽子
ヘアメイク	馮啓孝
小道具	酒井詠理佳，大畠利恵
大道具	C-COM
舞台監督助手	桂川裕行
舞台監督	村岡晋

PRODUCE STAFF

製作総指揮	加藤昌史
宣伝デザイン	ヒネのデザイン事務所＋森成燕三
宣伝写真	岸圭子
舞台写真	伊東和則
企画・製作	（株）ネビュラプロジェクト

成井豊（なるい・ゆたか）
1961年、埼玉県飯能市生まれ。早稲田大学第一文学部文芸専攻卒業。1985年、加藤昌史・真柴あずきらと演劇集団キャラメルボックスを創立。現在は、同劇団で脚本・演出を担当するほか、テレビや映画などのシナリオを執筆している。代表作は『ナツヤスミ語辞典』『銀河旋律』『広くてすてきな宇宙じゃないか』など。

CARAMEL LIBRARY Vol. 13
クロノス

2006年4月1日　初版第1刷印刷
2006年4月10日　初版第1刷発行

著者　成井豊
発行者　森下紀夫
発行所　論創社
東京都千代田区神田神保町2-23　北井ビル
tel. 03（3264）5254　fax. 03（3264）5232
振替口座　00160-1-155266
印刷・製本　中央精版印刷
ISBN4-8460-0621-2　